潇洒与睿智的才情

诗意与精致的文字

带给你美妙的悦读感受

巴桐煮字 2

【香港】巴桐 ◎ 著

廣東旅游出版社
GUANGDONG TRAVEL & TOURISM PRESS
悦读书·悦旅行·悦享人生

图书在版编目（CIP）数据

巴桐煮字.2/巴桐著. —广州：广东旅游出版社，2014.7

ISBN 978-7-80766-888-6

Ⅰ.①巴… Ⅱ.①巴… Ⅲ.①散文集-中国-当代 Ⅳ.①I267

中国版本图书馆CIP数据核字（2014）第139581号

出 版 人：刘志松
策划编辑：江丽芝　郑作民
责任编辑：郑作民
封面设计：邓传志
责任技编：刘振华
责任校对：李瑞苑　刘光焰

广东旅游出版社出版发行
（广州市天河区五山路483号华南农业大学公共管理学院14号楼三楼　邮编：510640）
邮购电话：020-87348243
广东旅游出版社图书网
www.tourpress.cn
深圳市希望印务有限公司印刷
（深圳市坂田吉华路505号大丹工业园2楼）
889毫米×1024毫米　32开　6.5印张　138千字
2014年7月第1版第1次印刷
定价：25.00元

目录/ MULU

我在文字中老去

在我的阅读经验中，有两本书一直占据着重要的位置：一本是《湖滨散记》，另一本是《金蔷薇》。

美国超验主义作家梭罗，在美丽而宁静的瓦尔登湖生活了两年后，把自己记下的观察体会、思索和分析进行整理而完成的一部被后人公认为独一无二的散文名著《湖滨散记》，虽然经过了一个多世纪，梭罗依旧被整个世界阅读和怀念。他把瓦尔登湖美丽澄明的月光永远留在世间！

俄国作家巴乌斯托夫斯基把好的文学比喻成“金蔷薇”，他说：“每一分钟，每一个在无意中说出来的字眼，每一个无心的流盼，每一个深刻的或者戏谑的想法，人的心脏的每一次觉察不到的搏动，一如杨树的飞絮或者夜间映在水洼中的星光——无不都是一粒粒金粉。”而作家们“以几十年的时间筛取着数以百万计的细沙微尘，不知不觉地把它们聚集拢来，熔成合金，然后将其锻造成我们的金蔷薇”。

梭罗的《湖滨散记》和巴乌斯托夫斯基的《金蔷薇》，无疑是散文的两座高山。《湖滨散记》的澄明质朴，《金蔷薇》的诗意唯美，曾令我无限向往。但有谁能得瓦尔登湖那片月呢？纵然得之，又怎能如梭罗般与湖与月与草木烟霞互通灵犀，妙笔生花呢？我也收集生活中的细沙微尘，但怎样才能将一粒粒金粉锻造出“金蔷薇”呢？我曾苦苦追寻和思索。

2013年初，我从美国加州硅谷的库柏蒂诺市搬到毗邻的森尼维尔市居住，此地有个华文的别称叫“太阳谷”。寓所的附近有一个美丽的湖，湖面开阔，湖水碧绿如染，湖畔草色茵茵，一丛丛玫瑰姹紫嫣红，争妍斗艳，迎风摇曳招展。每日晨昏我都会到湖滨漫步，这成为我的习惯。我确如梭罗般漫步湖滨，低徊思索，记录了人生体验的点滴，写下了硅谷随笔和湖滨断想。这些随笔和断想是思维的碎片，像散落的花瓣，我把它收集起来，带着冷露的晶莹湿润、带着夕阳的嫣红余晖，留下我的思索。这些记录更多的不是答案而是疑问，人生难题如麻，我又天性愚钝，故多留下叩问与质疑，让聪明的读者或后人去思考解答。

另一方面，集子中也收录了一些谈文说艺的篇什。当然，这些文字倘若与《金蔷薇》相比，犹如下里巴人之于阳春白雪，马尾草之于蔷薇花。但我不惮献曝，旨在与读者诸君分享笔墨生涯的感悟，均蘸以汩汩心泉，笔笔写来，唯真唯诚……

散文的美学准则是一个“真”字：真心、真情、真诚。散文拒绝虚伪，拒绝虚构。

著名作家冯骥才先生说，诗歌是蹦出来的，小说是想出来的，而散文则是浮出来的，他说散文“好像天上的云，不知由何而来，不知何时生成。你的生活，你的心，如同澄澈的蓝天。你一仰头，呵呵，一些散文片断仿佛片片白云，已然浮现出来了”。确然如此，我蹀躞于太阳谷湖畔，看着天上的云、水中的云，漾动着，光影交织闪烁，于是思绪飞扬起来，许多奇异的念头翩然而至，一些片断、句子，甚至一字一词如此清晰地浮现在脑海。而今日的我已白发皓首，心如止水，正如梁启超所吟咏的“世事沧桑心事定”，冷眼看世界，而残余的激情只萦绕梦中——“胸中海岳梦中飞”。我逐渐习惯于在太阳谷湖滨的漫步和思索，不断的思索燃亮了我心灵之窗，于是“冷香飞上诗句，梦魂欲渡苍茫”，我记下了湖滨思索感悟的点滴呈献给读者……

文字的风格，是作家的思想和身份证。将近半个世纪的爬格子生涯，我孜孜于“煮字”，试图颠覆惯性的便词常语，殚精竭虑地将“坚硬的”方块字“煮”化、激活。成效如何？唯有“白发搔更短”。有鉴及此，故将自序名取为《我在文字中老去》。这本书分为三辑：第一辑“裁云入梦”，包含硅谷随笔和湖滨断想等，抒写我在硅谷所见所闻、所思所想，记录浪迹天涯、追梦寻梦的履痕。第二辑“束花归砚”，主要是记录我的云游萍踪、怀人忆旧，以及抒发人生感悟。俄国作家高尔基曾说：“墨写的东西斧头也砍不去。”岁月的记忆，只有笔尖才能把它镌刻下来，墨花不败，记忆之树常青。第三辑“人生虹彩”，是我在国内一些院校的演讲稿，有树德励志的，有结合自己半个世纪写作实践，阐述现代小说发展之路向、流派、美学特征、代表作家及小说的写作技巧，有漫谈高考作文，披露作文应试的“独门秘籍”以及临场应对之策等等，具有独特性和实用性，相信对莘莘学子有所裨益。这辑中，有自己的心路历程，也有对学子的期盼，正是：人生总经风雨，希望灿若彩虹。

有人问我，你的书常自己作序，何不请人为之？请名人前辈作序，置于卷首，名家点评、介绍序者眼中的作者，简述此书写作的来龙去脉等，具有提纲挈领、画龙点睛的作用，能光耀门面，先声夺人，益处良多，何乐不为？其实我自作自序个中有难言之隐。记得早年出第一本小书时，我诚惶诚恐地去央求一位文坛名宿作序。这位名宿素来享有“青年导师”、“奖掖后进”、“伯乐荆州”之美誉，与我也稔熟，时常在一起推杯换盏。但当我恭敬地用微颤的声音说出我的祈求时，他脸上露出一丝不屑的表情，顾左右而言他，令我感到很受伤。从此我害怕请人作序，怕吃闭门羹，怕自讨没趣，怕名家轻蔑的眼光，怕导师不屑的讪笑，怕人家说我秃子跟着月亮走——借光。故而自作自序令我感到求人不如求己的轻松，敝帚自珍的慰藉。

如今出书最让作者尴尬的是乏人问津，你呕心沥血写出了一本书，被人弃之如敝屣，都留给你“自珍”去，能不痛心？能不扼腕叹息吗？

但我仍愿意厚颜毛遂自荐，真诚地对你说：这是一本颇为有趣的小书，值得一读。至少其中一些篇什能博君一灿。

最后，我还要感谢这本书的责任编辑郑作民先生，他本着专业眼光和执着严谨的精神，给本书提了不少很好的建议，匡正和避免了许多纰误。

本书在出版过程中，还得到宁波朋友汪仁华先生的帮助，特表谢意！

是为自序。

跋 / BA

读巴兄佳作，想到了杜甫的“庾信文章老更成，凌云笔健意纵横”和书法家孙过庭的“通会之际，人书俱老”。人的生活就是他的心灵的轨迹。一个能在生活中发现诗意的人，才能升华出自己心灵的体悟，奏响出“人人眼中有，个个笔下无”的华彩乐章。正如书法家用毕生的精力，才能对书法获得深刻的理解和真正的把握一样。巴兄丰富精彩的人生阅历，独具慧眼的观察功力，使他达到了“通会之际，人书俱老”的境界，使他能如林语堂“两脚踏东西文化，一心评宇宙文章”。他凌云纵横的健笔，亦如林语堂的比喻，即作家的笔如同鞋匠的锥子，会越用越锋利，乃至最后尖到可以成为缝衣服的针。巴兄用他手中的这根“笔针”，缝出了一件色彩斑斓的百衲衣，绣出了人生绚丽的心灵之花。透过这件外衣和这些心血凝成花朵，相信读者可以读到他心灵的轨迹，看到他慧眼所及的那些美丽的风景。

张铭清

2014 年 2 月 17 日凌晨于厦大

（张铭清，海协会原副会长、现为厦门大学新闻传播学院院长、博士生导师）

张铭清先生是我在闽西北山城三明求学时的中学同窗，这本散文集脱稿后，我即把部分电子文档发给他，让他暇时过一过目，并顺带提点意见。不料他却十分认真对待朋友所托，忙完白天繁碌的公务，晚上挑灯夜读。尤为令我感动和不安的是，不久前他刚做了心脏微创手术，甫出院，为了我的书稿却挨更抵夜，伏案劳神，认真览正，足见铭清对我的情谊和为人的实诚！他不仅读了，而且作了校对，火眼金睛帮我捉了许多“字虱”，纠正了不少“笔误”。末了，还写了一段热情洋溢的点评。这段点评文字，固令我心喜，但亦难免有溢美之词，我更多的是把它视为铭清对我的鞭策和鼓励！而作为本书的第一位读者、又是曾经的同窗和几十年的老友，可谓知人善论，允可作为读者导读的参照。

是录为跋。

第一辑

裁云如梦

流浪在异国天空的云，总把心影投向母亲洗衣的水塘。

人在硅谷

大女儿蕾住在硅谷的库柏蒂诺，从家里出发步行大约十来分钟，就到了苹果电脑总部。我这么一说，也许你会以为这里的环境很嘈杂，因为苹果乃赫赫有名的世界科技龙头企业，上下班一定人潮涌涌，一派繁忙喧闹的景象。然而，与你的猜想恰恰相反，这里宁静得像世外桃源。一幢幢设计新颖、造型各异的建筑物，像娇羞的美少女怕撞见孟浪的外人，都闪躲在林荫花影背后，几乎看不到有人走动，要不是偌大的露天停车场泊满一排排车子，你会以为那些房子都是空置的。

这确实令人惊诧，硅谷聚集着数十万科技精英，有人夸张地说此地街上跌下一块招牌，砸到十个人八个是博士，而且八个博士中很可能四个是印度人四个是中国人。这里许多高科技公司跟苹果公司一样，科技精英们正是在这些看似空空如也的楼房里，用小小的晶片撬动地球，让世界飞旋！

乔布斯逝世时，我正好在硅谷，本来阳光明媚的硅谷，那天遽然变脸，阴霾密布，细雨霏霏，是否伟人的去世总会感天动地呢？我不知道。我只知道这个令世界因他而变得美丽的科技巨人，就住在我的附近。接连几天晚上都有许许多多的人自发地前来悼念，我和妻子也加入了他们的队伍。苹果总部前的一个草圃，林荫道上一张供人休憩的长椅上摆放着乔布斯的像，那么简朴，那么的率性，显然不是苹果官方的布置，是悼念者携来放在那里的。悼念的人群缓缓地从他像前流过，默默地放下一束百合，一捧菊花，一张唁卡……雨静静地落着，相框里的乔布斯眼神像水一般明净，他似乎静静地望着从身边流过的人群。一切都那么静，世界却因他而改变！这就是苹果，这就是硅谷。

硅谷地处北加州太平洋南湾，这里春来早，当美国东部和中部还肆虐着暴风雪，硅谷已经悄悄响起春天的跫音，路边各种知名和不知名的花争先恐后地绽放。美国公路上，极少行人，人都在车里，车在路上流着，“沙沙沙”像奔湍的河川。偶而看到行人的身影，你会发现多半是中国老人，而且是两公婆，一前一后，从超市回来，手上拎着大包小袋，摇着一头芦花般的白发，交通灯刚转小白人，他们就迫不及待起步施施然横过马路。他们多是退了休来看儿子或女儿，先是探亲，后就迟迟疑疑留下，接着拿了绿卡充当“免费管家”，帮助买菜做饭，带孙子或外孙，从此羁旅天涯。

暮春三月，硅谷许多人行道上樱花夹道。雪白的花瓣，一篷一篷地堆满枝头，很少绿叶，雪雕玉砌。轻风拂过，花瓣纷飞，像雨像雪又像蝶，在三月柔媚的阳光里旋舞，静静地无声无息地落下落下……樱花是凄美壮烈的花，它的花期只有半个月左右。它灿烂而生，勇毅而死，生死无悔！在它花开花谢的日子，我常在花下踽踽独行，谛听花语，让落花沾满我的白头。我蓦然想起元代乔吉的一首小令，末句略改两字，七百多年前的诗人似乎专诚为我而吟，写出我此时此刻的心绪情愫："扑头飞樱（柳）花，与我（人）添鬓华！"

踏入五月，硅谷花汛如潮，各式各样的花儿开得轰轰烈烈。入夏后，硅谷仿佛把整年的雨水都下完了，天空一味地蓝蓝蓝，苍穹犹如一个瓦蓝琉璃罩，罩在头顶上，偶见天边浮着一两片云絮，像是擦玻璃不小心留下的一抹水渍，淡淡地悬着，若有若无。加州的阳光看上去懒懒地娇慵无力，照在身上一点也不觉得热，那亲吻抚摸过无数绿叶和花瓣的阳光，散发着芬芳。但你切不可大意，加州阳光紫外线特高，容易灼伤皮肤。加州的橙树储满了一冬的雨水和三季的阳光，孕育出甜美绝伦的加州橙，剥开黄澄澄的橙皮，咬上一口，加州的雨水和阳光喷射而出，芬香盈颊，令人陶然心醉！

倘若要我用一个字形容我在硅谷的生活感受，我会用一个"闷"字来概括。由于不谙英语和不会驾车，我很少出门。白天上班上学的都走了，平时我从超市回来，就呆在家里。老伴忙家务，我则常坐在客厅的落地窗前，打开电脑作网游，或把卷展读，倦了望向窗外的后花园。花园里有一棵柠檬树，果实累累，还有一片草地，绿草芊芊。幸亏我结识了两位朋友：一只灰毛松鼠和一只穿黑礼服的乌鸦。它们不时来访，令我开怀。

这里的松鼠和乌鸦好像都熟读了美国的动物保护法，它们很懂得自己的权益。它们根本不怕人，它们只不过把人类这个庞然大物视为地球上的一个普通邻居而已。

那只灰毛松鼠来了，喜欢坐在窗子对面的木栅栏的横檩上，手里捧着不知什么落花野果，优哉游哉地边吃边用绿豆似的眼睛看着我。就像我小时候端着饭碗坐在榕树下，边吃边看着路人一样。我现在俨然是松鼠眼里的路人甲。这只松鼠毛色柔美，姿态优雅，我称呼它“松鼠小姐”。

那只乌鸦就更加大胆，它飞来，下到花园草圃啄食草籽，然后在上面踱步。它走起来，肩膀一高一低，像极我上大学时一位腿脚不大灵便的老教授模样。乌鸦在东方被视为死亡的象征、不祥之鸟，在西方文化中它却代表着吉利。这里的乌鸦成群结队，栖满路边树冠，不但发出嗓音沙哑的呱呱大合唱，聒噪扰人，更令人厌恶的是，经常鸦粪如雨，停在树下的车子瞬间就布满了白色的斑点。但人们并没有驱赶轰走它们，而是容忍它们，与它们和睦相处。

这不禁让我想起 20 世纪 50 年代末，中国“除四害”运动，把麻雀定为糟蹋粮食的害鸟，要赶尽杀绝，我居住的山城居民用土法捕鸟，每到夜晚就到麻雀栖息的小树林轰鸟，拼命敲锣打鼓甚至敲击脸盆铁器，并猛打手电点燃火把，把小树林照得像着火，直轰得麻雀从树上跌下，人累得在地上瘫倒，山镇失眠，人鸟两疲。结果稻田捕手遭灭顶之灾，蝗虫蜂起，许多地方颗粒无收，大闹饥荒……

但愿那些荒唐的事永不再发生。

现在回头说说我的两个朋友：“松鼠小姐”和“乌鸦先生”。它们常来串门探访，有时它们分别来，有时一块来，有时还带它们的同伴来。我不知道它们之间是否认识？是不是朋友？但它们都是我的客人，偶尔它们不来，我会感到失落，顿生企盼之情。它们令我人在硅谷，平添了许多生趣和快乐！

硅谷随笔

（一）

乔迁之喜

2009 年至 2012 年我住在硅谷的库柏蒂诺市，这是座美丽富庶的小城，市长来自中国台湾。我们家租住的寓所毗邻苹果公司总部，步行五分钟可至。2012 年岁晚，我自中国内地旅游归来，突然接到房东通知要我们搬家，我们一家顿坠茫然。房东突然下逐客令，是因为楼市逐渐从“次贷风暴”中复生，房东瞅准时机，收回租屋稍作修葺，再提高租金出租，我们便成了牺牲品。

12 月的硅谷，阴雨绵绵，我们一家人行色匆匆地穿梭于冷冷的雨幕中，到处寻觅栖身之所。选择居所要考虑的因素很多，诸如租金的高低，上班和购物的便利，环境与治安的优劣等等，几天奔波下来，一无所获。迁出限期日近，焦虑煎熬着全家人。终于我们决定弃租为购，倾罄储蓄支付首期，再向银行借贷供楼，结束“无壳蜗牛”的生活。我们购置了森尼维尔市（太阳谷）一幢楼房，又花钱装修一番，2013 年春节前乔迁新居。

新居楼高两层，是美国典型木结构建筑，车房连着一个小花园。厨房是开放式的，坐在客厅可以透过落地窗看到花园里的花草，和嵌在院子上头的一方蓝天，还有墙外橡树和枫树的枝丫伸向天空，交织出斑驳的图案，写在湛蓝的天幕。从楼上阳台望出去，是一片绿茵茵的草坪，草坪两头尖中间阔像一艘艨艟巨舰，两旁几丛红、黄、白的玫瑰恣意漫放，像巨舰行进溅起的浪花。

最令我喜出望外的是，住家对面、隔着马路是一片二三十亩宽广的杏树林。这片杏树林属于一家农场，那家农场有一百多年的历史，场主一幢白色老宅掩映在杏树背后。我们搬来的时候正值早春二月，杏树的叶子在冬季已落尽，此时只剩下光秃秃的树枝。听说杏花很美，花开时粉白色的花瓣缀满枝头，如纱，似梦，像雾，馥郁馨香，沁人心脾。但我从未见过，我对杏花的认识来自古诗如“春色满园关不住，一枝红杏出墙来”、“小楼一夜听春雨，深巷明朝卖杏花”，还有“借问酒家何处有，牧童遥指杏花村”，多美！不但花香，酒香也扑面而来。如今我家门口就有一片偌大的杏树林，我期待着“杏子梢头香蕾破，浅红褪白胭脂浣”的杏花盛开的美景。

转眼到了芳菲的 3 月。有天清晨醒来，蓦然眼前一亮，家对面杏花像是昨夜突然怒放，如飘落一袭巨大的粉白婚纱，罩住了整个杏树林，教人惊艳。走近看，立在林前瞥见树枝上香蕾破蕊，花瓣如美人轻抹胭脂的笑颜。花香已招来嗡嗡营营的蜜蜂和翩翩起舞的彩蝶，一派春光明媚，勃勃生机。花开时节，常见到林子周围来了许多画家，支起画架摊开油彩对着林子写生，把杏林春色染上画布。

新居间格四正，门户向阳，四周花木葳蕤。门口对面有一片杏树林，附近是美丽的太阳谷湖，再往前穿过一条马路就是商店区，生活十分方便，静中带旺。

世事确然如此："塞翁失马，焉知非福"？当初被房东逼迁，心生怨怼，恨他无情。结果被他一逼，逼出了自己的房子，而且买了以后，楼市噌噌地往上涨，我们2月买的，楼价到了繁花盛开的4月，猛涨了百分之二十几。我们家虽非豪宅，但一家人都很知足感恩！

老子说"福兮祸所伏，祸兮福所倚"，福祸相伏相倚，很多事情表面看来是祸，但发展下去往往因祸得福。同样，很多事情看似天掉馅饼、飞来艳福，结果可能大触霉头。因此，凡事都应以平常心待之。

6月的时候，杏儿熟了。农场主一家就在太阳谷湖边摆摊子贩卖杏儿，他们支了遮阳伞，几张铺了雪白台布的桌子围成一圈，上面摆满一筐筐新摘的黄澄澄的杏儿，还有鲜艳欲滴的草莓，以及杏儿的制成品肉脯、果酱等。农场主一家老小笑容可掬地招呼顾客，几块钱几毛钱的买卖，他们却做得不亦乐乎。要知道杏树园这块属于他们的地，现在市价应值几千万美元，若作地产开发，则价值过亿，农场主早就是超级大富豪了。但他们却捧着箩筐过日子，为太阳谷留下了一块守候了百年的福地。

我们这个片区的邮差，是一个能说中文的华裔中年男子。那天我去取信碰见了，我们搭讪聊了起来。这里的中国人一见面习惯问来自哪里、来几年了，然后问习不习惯。接着邮差说："最近我在网上看到有人说，美国是一个我每天都想离开，却一直没能离开，有机会离开又放弃离开，继续想着离开的地方。你会有这种感觉吗?""唔唔"我支吾以对，怏怏离开他。心想，这邮差也真是的，哪壶不开偏提哪壶，说实话我来了五六年，一直抱持想离又离不开的心态。为何？很难说清。最近一次回国，听到一首顺口溜，说美国是"文明干净好无聊"，国内是"又脏又乱好精彩"，颇有道理。"精彩"什么？我想精彩的是人情、乡情啊！

既来之则安之，以前没有"家"，内心有很重的漂泊感。现在有了"家"，应当安居乐业了。

（二）

龙盘虎踞的硅谷

我现在住的森尼维尔是硅谷的城市群之一。太阳谷湖所处的位置，正好左襟山景城右挽库柏蒂诺。而这两个城市都与科技巨人乔布斯息息相关。1955 年，乔布斯出生于旧金山。5 岁那年，他随养父母搬到山景城，在那度过了他的童年。而库柏蒂诺则是他发迹和成就辉煌的地方。

硅谷属旧金山湾区。我与旧金山结缘始于上个世纪 90 年代初，当年我参加香港作家代表团访问美加，第一站就是旧金山。从飞机上俯瞰，我讶然于旧金山与香港何其相似乃尔。散布在海面上的小岛，依山而建的民居，连接着各个小岛的跨海大桥。天空中飘着大朵大朵的云，偶尔会有阳光穿越云层洒下来，空气中弥漫暖意。要不是看到红色巨龙金门大桥和直指苍穹的环美金字塔大厦，我会误以为飞机又飞回香港。

旧金山是迷人的浪漫之都，斜斜的街道、古老的电车、唐人埠、渔人码头和惊涛拍岸的金门海峡……人们来到旧金山时都会按捺不住内心的喜悦，互相询问："我需要在发间夹一朵花吗?"这是斯考特·麦肯茨那首叫做《旧金山》的一句歌词，在每个来到旧金山的人中传唱。

沿着 101 号公路，从旧金山一路往南，便渐渐进入"硅谷"。"硅谷"有三个代表性的符号：一是 IT 公司，二是乔布斯，三是斯坦福大学。世界上最著名的 IT 大公司几乎都把总部安在这里了，各自占据一个小镇，谷歌在山景城，英特尔在圣克拉拉镇，思科在留必达，惠普在帕洛阿图，苹果在库柏蒂诺。这样一个龙盘虎踞的地方，大浪淘沙，能生存下来的，大概都是偏执狂。

这些城镇宛如一颗颗珍珠，IT 公司把它们串起来，像一条闪光的项链悬挂在旧金山湾区的颈项上。

今日的硅谷，与其说是一个物理空间，不如说是一种思维状态。弹丸小地，到处是绝顶聪明、野心勃勃的年轻人，每个人在吃早餐的时候都想着有朝一日自己将改变世界，变成亿万富翁。

世界因他而美丽。乔布斯感召了无数的科技人。

乔布斯是一个谜，他更像一个传说，而不是真人。人们对他始终是雾里看花。他是个资本家，又有着嬉皮士的气质；他是个佛教徒，却有着激烈暴躁的性格。他对人冷酷无情，却又纤弱敏感。他会在股东会议上整段引用鲍勃·迪伦的歌词。他最喜爱的诗人是威廉·布莱克，一个远离尘世的偏执狂。

然而乔布斯虽然自称佛教徒，却极少公开谈论他对“禅”的理解。但他的很多传记作者都相信，禅对他的精神世界影响巨大。一方面，他本人脾气暴躁、没有耐性，要从佛学和禅道中寻求内心的宁静；另一方面，他将禅宗“无”的哲学应用到了苹果的设计中。因此苹果可以说是他个人气质的产物，

iPad 本身就是禅的一种隐喻：消灭了键盘、鼠标等一切附属，移动计算能力被简化到一个纯粹的屏幕上。就像他经常挂在嘴边的一句话："人生中最重要的决定不是你做什么，而是不做什么。"

硅谷的另一个骄傲是斯坦福大学。如果说硅谷是美国经济的助推器，那么斯坦福大学则是硅谷的孵化器。斯坦福大学是世界排名第五的著名学府，全美最美丽的校园之一。沿着硅谷帕洛阿图镇的北边棕榈大道进入校区，映入眼帘的是一片碧绿宽阔的大草坪，高耸的胡佛塔，以及彩绘斑斓的纪念大教堂。土黄色石墙环绕下的红色屋顶建筑，拱廊相接，棕榈树影婆娑，在古典与现代的交映中充满了浓浓的文化和学术气息。

校园内有许多引人入胜的景点，如康托美术馆、斯坦福陵园和哀伤天使、罗丹雕塑花园、格林图书馆和圆礫山等等。这里培养出美国第 31 任总统胡佛，培养出两位美国国务卿和多个诺贝尔奖得主。斯坦福的校友创办了许多硅谷著名的科技公司，如惠普、谷歌、思科、雅虎、英特尔等，成为硅谷这座辉煌的科技殿堂的顶梁柱。对于中国内地的朋友来说，最熟悉的斯坦福校友有李嘉诚的两个儿子李泽钜和李泽楷，还有就是红遍大江南北的美籍华裔歌手费翔。

此刻，我伫立太阳谷湖畔，看着眼前静静流淌的湖水和岸上静静开放的鲜花，这里的一切如此静谧，像被世界所遗忘，怎么也难把它与改变世界的高科技中心联系在一起，但你只要站在这里，就能真真切切感受到这里是世界科技中心的心脏，触摸到科技飞跃的脉搏。

（三）

梦中的湖

由于我在森尼维尔家的门口有一座湖，因此我常联想起一些游历过的湖，有中国的也有外国的。外国的如落基山脉班夫一线冰川湖泊，它们是弓湖、路易斯湖、沛托湖和翡翠湖，像一串绿宝石镶嵌在千万年冰川雪原上，美丽绝伦！还有像中国的博格达峰天池、阿尔泰山脚下的喀纳斯湖、湖南岳阳的洞庭湖、浙江杭州的西湖等等，中国的湖除了让我拍案惊艳之外，还有就是带给我的亲切感，有的湖还附丽着传奇故事、承载着历代文人骚客的题咏，已成为中华文化的表征和符号。

在众多湖中，首先想到的是新疆的湖。去年我游了一趟新疆。“不到新疆不知中国之大”，这话我有了切实的体会。从一个景点转到另一个景点，轮胎至少蹭掉一层皮，瘦了一圈。车子在戈壁滩上跑，开头满车人还叽叽喳喳，喊着看这山看那云，瞧这树瞧那花，眼睛忙得团团转，脖子扭得像风扇，但半天过去了，还没跑出长着骆驼刺的荒滩，出现审美疲劳，眼睛就拉下眼皮当被子盖上了，车厢里鸦雀无声，人人昏昏欲睡。突然有人大呼小叫“湖，湖!”懵然中乍听成“火，火!”猝然惊醒，哪里哪里？正在睃寻，车子已戛然停在一汪水边。赶忙下车，来不及伸懒腰直奔湖畔，森森水汽扑面而来，醒了！醒在那沉睡万年的阿尔泰雪山面前，面对海一样浩瀚的喀纳斯湖——太平洋的最后一滴眼泪，我的泪水轻轻地滑落，觉得人在大自然面前实在太渺小了！

再一个令我动容的湖是洞庭湖。那年登岳阳楼，每踏一层楼梯，心中就震响中国千年的叮咛："先天下之忧而忧，后天下之乐而乐！"在楼上凭栏远眺，千年的诗篇，随连天的湖水涌上心头：孟浩然捋须吟啸"气蒸云梦泽，波撼岳阳城"，老杜扶病登楼长叹"吴楚东南坼，乾坤日夜浮。亲朋无一字，老病有孤舟"。三国鲁肃操练水师的旌旗角鼓已消遁千年，眼前夕阳下帆影片片，远处传来渔舟晚唱，不由人赞叹："美哉，洞庭！"

洞庭的美是壮美的、具备男性阳刚之美，而杭州西湖则是秀美的、蕴含女子柔媚之美。你听一听苏老夫子的吟唱："水光潋滟晴方好，山色空蒙雨亦奇。欲把西湖比西子，淡妆浓抹总相宜。"你难道不想去亲昵呵护她么？西湖到处有题咏，"三潭印月"的一首五绝最教人叫绝："湖气冷如冰，月光淡于雪。肯弃与三潭，杭人不看月。"有了三潭水中的月色，杭州人不再抬头看天上的月，把杭州人为西湖骄傲的神态写绝了。还有发生在西湖的白蛇传故事也是千古绝唱。那年冬天，我伫立雪霁西湖，举目四望，但见断桥残雪似银，冻湖如墨，黑白分明，格外动人心魄。传说白娘子与许仙断桥相会，更为断桥景物增添了浪漫色彩……

如今，那些远离的湖时入梦中，而梦魂则欲渡苍茫……

我不是拿中国的湖与太阳谷湖作硬性的比较，因为两者几乎不具有可比性。太阳谷湖太小了，她太“迷你”，而且也相当人工化。但这并不影响我对太阳谷湖的喜爱，她是一条城市的围脖，一根飘带，一只眼睛，一个笑靥，她让人们在她身边休憩，碧绿清澈的湖水倒映着天光云影，荡涤着城嚣，送给人们一泓清幽，一片澄明，一份舒心，一朵微笑，而对我而言，更带给我一份“此心安处是吾乡”的慰藉。

（四）

湖滨的小白屋

太阳谷湖的南面，靠杏树林侧边有一幢小白屋，两层高，很不起眼，掩映在花木丛中，铁门常闭，不知是何建筑。楼旁有一凉棚，早晚常见有人在那里耍拳舞剑。有一天我走过去看，却见一个身穿印着“少林功夫”练功服的美国小伙子，领着一班中国老头子打中国拳。心里有种说不出的异样滋味。休息时，一位学拳的老者告诉我那白屋是森尼维尔博物馆，下午有开放。

下午我特地去参观，楼上楼下转了一圈。看见展品多是一些农作工具和家居用品，犁耙铲锄、碗筷台椅，甚至艳星玛丽莲·梦露俯身压裙的招贴画也作为文物展出，我就忍不住笑了。这博物馆充其量只能说是民俗馆。这也难怪，美国的历史才两百多年，还不及中国一个王朝转身的背影。但认真一想我就笑不起来了，今天是明天的历史！再过百年这里的展品不就是珍贵的文物了吗？美国的历史浅，但美国人珍惜历史的每一根毛发，收集历史的每一寸碎片，让后人抚摸历史的肌肤，感受历史的心跳。而吾国吾民也许历史太久，东西太多，扔一点毁一些没关系。于是我在美国看到许多我们失去的宝贝。

美国是全世界博物馆最多的国家，国家、州、城市、大学都有各自的博物馆。就拿首府华盛顿来说，一个城市就有国家级的博物馆 14 所，还有数量众多的各类大大小小主题博物馆。各地政府热衷于建造博物馆，大学也不遑多让，仅一所哈佛大学就有 7 个博物馆。博物馆的收藏品遍及全世界，有许多是“山姆大叔”从别的国家巧取豪夺来的，这中间当然少不了华夏瑰宝。这些瑰宝流落异国，身上无不烙下历史的伤痕。

华盛顿弗利尔美术馆和赛克勒博物馆收藏的中国文物以商周时期的青铜器闻名，其中最为著名的是春秋晚期子乍弄鸟尊，该尊据推测为晋卿赵简子或赵襄子自用的酒器，铸为凶猛鸮鸟状，通身纹路变化多端，世所罕见。两馆还珍藏有商代晚期的人面龙纹盉、春秋晚期绹索龙纹壶等名贵青铜器。

距华府两小时车程的费城，不仅是美国历史爱好者的圣地，也是中国历史爱好者的圣城。这里最有名的中国文物存于宾夕法尼亚大学考古与人类学博物馆。该馆是汉、魏、隋、唐石刻在北美的大本营，其中浓缩了精华之精华的展品便是唐昭陵六骏中的飒露紫和拳毛騧。昭陵为唐太宗李世民之陵墓，墓前石刻中雕刻了太宗骑过的六匹战马，象征着太宗亲历的六大战役，以彰显大唐帝国的昌盛。两匹战功赫赫的“神驹”，在上世纪初被古董商卢芹斋盗卖到美国。

从费城驾车北行两小时，便到了纽约。位于纽约的大都会艺术博物馆是全美艺术藏品最全的场所，也是中国文物质量最高、最集中的博物馆。大都会博物馆中国馆最引人瞩目的是一座高 6 米、宽 8 米的元代巨幅壁画。这是从山西广胜下寺主殿山墙切割下来的《药师经变》，在20世纪30～40年代被寺院愚顽的僧人卖出以换取食物，辗转流落到美国。当人们被《药师经变》的宏伟所震撼时，还未知该馆真正的镇馆之宝竟然是该壁画对面的石雕，这是国宝级的龙门石窟精华——《帝后礼佛图》。它的命运极为坎坷，20世纪30年代，美国人普爱伦勾结北平琉璃厂古董商将其盗凿，龙门石窟留下不可愈合的伤痕，巨大的凹洞像一张呐喊的嘴，永世控诉着文物贩子的丧心病狂的行径。更不幸的是到美国后，帝后分离，分立在纽约和堪萨斯两家博物馆。此外波士顿、芝加哥和克利夫兰的博物馆也收藏有极其丰富的中国文物，俗到中国的花轿、鸟笼、蛐蛐罐，雅到阎立本的历代帝王图、唐伯虎画的虎，一一陈列展示。

中国的文物除流落海外的损失外，内部的毁坏更为严重！一个不珍惜昨天的民族也将失去明天！

从湖滨归来，我总会路过小白屋。我不再小觑小白屋，有时我会顺道拐进去，从头一件件看，认真阅读森尼维尔物化的历史。

（五）

遥远的祝福

我踯躅于太阳谷湖滨小路时，常忆起远在故国的友人。哈佛大学的语录说："我们之所以会烦恼，就是记性太好，该记的、不该记的都会留在记忆里。"有人说，为了减少烦恼，必须学会放下，删除记忆，放空脑腔。但哈佛语录把记忆分为"该记的和不该记的"，对友人的怀念应属"该记的"，它非但不是烦恼的酵素，更加是快乐的因子。

回忆像铁轨一样绵长，我只能从最近的站点出发。

2013 年秋，我回到第二故乡——闽西北山城三明。我尚在襁褓时代已被父母带到这里，父母在走完人生旅途之后，也长眠在这里的一座青山，所以我对故乡的指称，对故乡的所有记忆和眷恋都倾注在这块热土。此次返乡主要是应母校三明学院邀请讲学，并受聘为母校兼职教授。因来去匆匆，在三明时只与几位文友鸥波一聚。最令我感动的是老作家庆桢兄，他用因帕金森症而微颤的手，写下洋洋洒洒数千言的专访《再会巴桐》。

临别那晚，月近中秋。金丝湾的山林朦胧在夜色中，月光如水，白发如霜，一阵伤感骤然涌上心头，我紧紧拥抱着庆桢，哽咽着说，相隔千山万水以后相见恐怕很难了……车子发动了，他还站在那里向我挥手。后来我读到庆桢的心声，再次令我老泪纵横，他写道：“我在中秋的月光下喃喃自语，不论是花开的日子，还是落花时节；不管是夜雨敲窗，还是寒梅落雪，我都会想念您，祝福您！”

离别三明，我回到我人生的另一个驿站广东惠州。我在这里购置了一间寓所，作为回国返乡的居停。之所以选择此地，盖因这里有我一位忘年交朱瑞生先生。返美前夕，朱老弟非要陪我们夫妇出去玩一玩不可，于是我们驱车前往粤北的连州，叩访千年南岗瑶寨。车子“跃上葱茏四百旋”，终抵山寨，但见斜坡上倚山而建的吊脚楼，层层叠叠的鳞瓦翻着黑浪，蜿蜒而上的山路唐诗般平平仄仄。头簪山花的瑶家妹子见有游客来，嘻嘻哈哈笑着捧着花生、柚子请客人品尝。穿过被岁月剥蚀的长廊，走到后山，瞥见萋萋荒草中静卧着一座石墓，从漫漶的碑刻中依稀辨认出墓主是末代瑶王。下山时我想，假设我是瑶王，我会做只统治着风和山的王么？躲进与世隔绝的深山是为生存抑或是为自由？我不是瑶王，安知瑶王之乐呢？想到此不禁莞尔失笑了。夜宿从化温泉，过去这里是中央首长疗养重地，警卫森严。如今对外开放，我等平头百姓也能享用了。浸泡在水滑质清的温泉中，刚才对瑶王的猜想早就抛到九霄云外。

从化归来，接到烈修兄电话，我马不停蹄赶往广州。前阵子，听说他跌了一跤，住进医院。我打电话慰问，连打两天应答都是停机，莫非……我不敢多想，急得到处打听，全无着落。现在突然来电，当然喜不自禁。见了面急询何故失踪，他解释说回海南老家，他的小灵通没漫游。我与烈修交游三十余年，不常见面，现在又远隔东西半球，但地域的契阔，时间的睽违都不能阻隔彼此的牵挂。一见面，三十年的情谊一下子都回来了，炽热如初。

烈修在他住的小区绿苑餐厅请我吃饭。席间，他说："岁月不饶人，我们年纪都不小了，这次返美，何不写一本收山之作？"我说："烈修兄，你言之有理。想当初'误入歧途'，踏足文坛，不料至今也已在这圈中辗转半个多世纪，是该画个句号的时候了。画完封笔，从此不再爬格子，做个快乐的老顽童，去吃去喝去玩，享受人生，哈……"

于是，返美后，回到森尼维尔家中，我就陷入"为了不爬格子而爬"、伏案劳形的生活状态。每天从湖滨归来就坐在桌前码字，有时停不下手，直爬到晕头转向、天昏地暗，而不知东方之既白。

远方的朋友，在新年钟声敲响的时候，托风捎信，遣云寄意，一片冰心在玉壶啊，我向你们致以深深的祝福！

湖滨断想

（一）

湖滨之秋

时序进入秋天，我已经在太阳谷湖畔住了大半年了。如果说春的太阳谷湖像一块碧玉，那么秋的太阳谷湖则是一颗红玛瑙。

太阳谷湖的周边种着一排枫树，春天的时候翠盖亭亭，到了秋天，枫叶饮醉西风，满面酡颜，红于二月花了。立秋过后，秋一天天深了，枫叶也一分分醉了，到后来满树红彤彤，像身穿红色制服的白金汉宫御林军士兵，列队守卫在湖畔。而坡顶上一组社区中心的建筑，本来掩映在绿树丛中，现在桉树橡树的叶子落尽，红色屋顶就完全袒露出来，像几只红色帽子扣在地面上，让人觉得从“红帽子”底下随时会跑出仙度瑞拉、爱丽儿一类的童话公主。

我和老伴漫步湖滨。湖光潋滟，秋日静好。这时我瞥见湖中我们的倒影，蓦然读到岁月划过的痕迹，惊觉霜染鬓角、雪积眉峰。这才留心端详身边的伴侣，已是年华老去、美人迟暮。我记得，当年一位名画家携他情人“私奔”出国，感叹他的情侣：“她曾美丽过，我见过。”这句话也适合我对老妻说。她年轻时被誉为闽西北山城的一枝花，多少人叹息这枝鲜花插在我这堆“牛粪”上。“鲜花”随着“粪”漂泊天涯，先香港再美利坚，历尽40载风霜。往事不堪回首，也不必回首，因为记忆徒增烦恼。哈佛大学有一则语录说：“我们之所以会烦恼，就是记性太好，该记的，不该记的都会留在记忆里。”活在当下，珍惜今天，对于老年人来说尤当记取。

把思绪收网，把目光重聚湖面。湖里游弋着赤麻鸭、斑头雁、鹈鹕、雁鹅、白鹅等水禽，那些雁和鸭成群结队浮拨清波，时而有几只扑棱棱腾起，嘎嘎欢叫着，箭也似的射向空中，旋舞一番又一头扎入湖里，雪白的羽毛在秋阳里明灭，一派勃勃生机。

中国古代词人多悲秋，你听听那黯然的咏叹：“万里悲秋常作客，百年多病独登台”，“多情自古伤离别，更那堪，冷落清秋节”，“万叶秋声里，千家落照时”……看眼前太阳谷湖滨枫红雁翔，遥想起一个伟岸的身影，独立寒秋，讴歌“万山红遍，层林尽染”，“万类霜天竞自由”。风扬起他的发丝，撩起衣袂，豪情澎湃，叩问大地“谁主沉浮”——毛泽东眼中的秋，没有丝毫悲切，概因目睹鹰击鱼翔、百舸争流而激起高昂的报国情怀。学生时代这首《沁园春·长沙》，曾燃亮了多少风华正茂的生命，多少回风浪里泅泳拼搏，为的就是要一尝“浪遏飞舟”的壮举！

如今的我虽然已白发皓首，垂垂老矣，又在异国他乡，风物已非，但伟人的吟唱犹响在耳畔。我的心飞越关山，神游那千万里之外的故国楚地。老妻不知我为何发愣，轻轻拉了拉我衣袖，我报以一笑，六神归位，挽起她的手向前走去。

世上很多事情都会被遗忘，经时间长河的冲刷，渐渐地都会远去，慢慢地都会变淡，唯独民族的精神与文化像金子一样，经岁月磨洗愈久愈熠熠生辉。

（二）

那一片灯火

一看到那一片灯火，我的心就倏忽温暖起来。

那片灯火就在湖对面的路口。不璀璨、不耀眼，有点迷离，有点橘黄，有点阑珊，还有点……乍看之下，一时竟也说不出那是点什么味道，我在脑海里搜寻，噢噢，往事的旧底片，在记忆的显影液里慢慢浮现，逐渐清晰起来。

记忆随年龄而变化，童年的记忆是刀刻的，中年的记忆是墨写的，晚年的记忆是粉笔画的。

离乡越远，年龄越大，我越常想起儿时的事物，想起家乡的老街旧宅豆灯……这不，现在正是早春二月的傍晚，我伫立在异国的一座湖边，思想又开了小差，心驰万里之外。

这座湖在硅谷森尼维尔市，离我寄寓美国的住家一箭之遥，步行五分钟可至。湖畔是一个社区中心，有室内球场、音乐、舞蹈及老年活动设施，还有一个专演儿童剧的小戏院，最特别的是濒湖有一座陶艺作坊，常有人在里边捏泥巴，落地玻璃窗映出倩影，让人想起《人鬼情未了》里的黛米·摩尔，隐隐飘来那缠绵悱恻的主题曲：我爱你，莫丽……

但是这异国的情调也无法扯断我的思绪，它越飘越远。

不是所有的回忆都是甜美的、亮丽的，回首往事，五味杂陈，痛苦与欢乐，赞誉与诋毁，希冀与失落，跌倒与崛起……

倘若回忆里只有欢笑，这种回忆是寡淡无味的，回忆应夹杂着泪水。含泪的回忆最有意思：想着想着，忽然哭了，自己没察觉别人却发现了，慌忙背过脸去，偷偷拭去泪花，心底却绽出一朵笑。泪水里浸泡的欢笑才甜美，泪水里绽放的欢笑才灿烂。

我现在正站在湖边、站在向晚的风中哭了，泪水是被那一片灯火激发出来的，幸好此刻四下无人，任凭泪水在脸颊上尽情流淌。

中学毕业后，我在外面闯荡了近十年。十年风雨十年灯，每逢过年，顶着除夕料峭的寒风往家赶，过了城门河的桥，老远就看到老屋窗棂泄漏出的灯光，脚步就加紧了。到了门前，轻叩门扉，门开了，母亲的笑容绽放在门后，身后拢着一片橘黄的灯火，我的眼泪就止不住地涌了出来……

是的，眼前的这片灯火，宛然是那片熟悉的灯火！

看见这片灯火，我想起一个人，想起家乡一个瘦的诗人。那年我从香港返乡，邀诗人小酌。踏着满地月色，我们走进临江的一家酒楼。阁楼上，一室清幽，橘黄的灯光浮在镬气酒香中，窗外一轮明月在檐角窥探，把我们瘦的身影长长地写在墙上。我们喝着家乡的土黄酒，微醺，此时此刻，我把漂泊的心安顿在那把锡制的酒壶上。

后来诗人驾鹤西去，台湾“诗魔”洛夫写了一首诗悼念他，大意说：我们约好下次再喝一杯，我来了，你却走了，我只喝下一滴泪……

我终于明白，湖边路口那片灯火为什么是暖暖的，那是因为它唤醒了我的记忆，绵绵的记忆焐暖了游子的心。我想起儿时，想起故乡，想起母亲和故人。一想起这些，往往心头一热，泪就下来了。

我祖籍福州，自幼随父母迁徙到闽西北一座山城，青少年时期在这里度过，直视山城为故乡。而后移居香港，再而羁旅美国，大半生在外漂流。见过各式各样的灯火，唯独家乡那橘黄的灯光一直亮在心头。

香港的灯光，是垂直的，是灯的森林。入夜，密密麻麻的摩天大厦窗口都亮起了灯，星星点点串成光柱从地上矗立起来，直指苍穹，十分壮丽。

而美国、加拿大的灯光，是平面的，是灯的海洋。我曾在山头上眺望夜幕下的温哥华和旧金山，那里的住宅都是一两层的建筑，大片大片地延绵无际，灯光像珍珠般洒满大地，无比璀璨。

但壮丽和璀璨都比不上温馨，温馨的灯光沁入心脾。

（三）

眺望教堂

那座湖位于硅谷森尼维尔市。森尼维尔中文译名叫“太阳谷”。

这名字听起来火辣辣的，这里确实长年阳光普照，一年之中只在冬春之交落些冷雨。这座湖我把它叫做太阳谷湖，有人把它比作小提琴，也有人说它像网球拍。在我的眼里，它更像一架古筝。晴天阳光洒在湖里，波光闪烁，如无数金蝶扑闪着翅膀，若逢阴雨天，那风雨轻柔的手指更拨动古筝，幽幽牵曳出似水的乡愁。

常扯断我乡愁的是湖中不歇的喷泉，与不远处的教堂尖顶和十字架。恍惚间当我一抬头瞥见湖心喷泉的水柱和远处教堂尖顶，我远扬的思绪便跌落现实，方觉“心在天山，身老沧州”。

湖的北边不远处是有名的教会街。一个不大的区域聚集着十几座教堂，主要是基督教，教堂建筑多为斜坡屋顶，而间中矗立的是清真寺，佛教庙宇比较罕见。眺望教堂尖顶，不禁浮想联翩。

我对宗教的看法更多的是文化而不是信仰。宗教源于人类对死亡和灾难的恐惧、对神秘自然力的敬畏，是人类的终极关怀。

我疑惑不解的是，像爱因斯坦和杨振宁这样的大科学家为什么把宗教看得那么高？爱因斯坦说："科学若没有宗教就像瘸子，宗教若没有科学就像瞎子。"杨振宁说："物理研究的尽头是哲学，哲学研究的尽头是宗教。"他们把宗教说成是"科学的双脚"和"科学的尽头"。爱因斯坦还比较持平，他又兜回头说科学是宗教的眼睛，杨振宁"尽头"之说就说得比较"满"了。宗教是否高于科学？我不知道。但宗教迫害科学家不乏史例，基督教坚持神创造了一切，视不同科学观为异端邪说加以迫害，如伟大的科学家哥白尼、伽利略、布鲁诺都曾被基督教迫害致死。

世界几大宗教，基督教、伊斯兰教、佛教、犹太教和道教，它们各自的经帙都繁复庞杂，但赖以吸引信众的法宝——神迹，却是一模一样的。所谓神迹即信者得救，瞎子重见光明，瘸子丢掉拐杖，病者不药而愈，诸如此类，大同小异。我到过加拿大蒙特利尔市，在那里我参访了矗立在皇家山上的圣约瑟夫大教堂，我惊异地看到礼拜堂里从拱形穹顶上垂挂下来的拐杖，像一片密密匝匝的小树林，蔚为壮观。据说这众多的拐杖都是因为从各地慕名而来的跛脚残疾人，经教堂神迹显灵，来时拄杖而来，去时弃杖而归，留下遗弃的拐杖，被牧师用来装点教堂、彰显神迹。

我没有笃信哪门宗教，如果一定要选择一门，我会比较喜欢道教，道教蕴含了中华文化的幽奥，八卦、《易经》、《道德经》……令人目眩神摇。佛教讲因果，道教讲鬼神；佛教讲出世，道教讲入世；佛教讲养心，道教讲养生。我以为道教的内涵要比佛教丰赡。

佛教和道教教义虽不同，但基本上相安无事，而基督教与伊斯兰教则长期以来水火不容，斗个你死我活，为何呢？

我坐在湖滨的长椅上遐想。这时一对穿着古尔达和纱丽的印度夫妇向我走来，见到我向我合十作揖，我颔首答礼，然后他们施施然走了过去。太阳谷湖滨常见印度人在此散步休憩，他们男士头上缠着白布身穿长及小腿的长衫，绕湖而行；蓄着络腮白须的老者盘腿坐于湖边，像菩提树下歇脚的苦行僧。女人华丽的纱丽，披巾飘曳，让太阳谷湖亮起了加尔各答的色彩。到湖滨散步的，有白人、黑人、墨西哥人和越南、菲律宾等地的人，穿着各种民族风格的服饰，带来各自故国的风情与色彩，在湖滨绽放。

我喜爱太阳谷湖，喜爱她的多姿多彩。

（四）

湖滨闲话

清晨的太阳谷湖像睡美人，湖面上弥漫着轻烟般的薄雾，像是她的秀发，飘柔妩媚。当晨曦穿破云隙，向湖面洒下朝阳的金粉，睡美人开始醒来梳妆。湖畔白色、粉红色和深红色的玫瑰，花瓣托着晶莹的露珠，绿叶在晨风中招着小手。环湖是大片翠绿的草坡，坡上有数株虬枝盘龙的老松。六点多，晨运的人逐渐多起来，他们沿着环湖的道路或散步或慢跑。和煦的明亮的朝阳照射下来，藏在草丛中浇花洒水的喷头定时探出头来喷洒水花，在阳光下，草坡上竟隐约出现美丽的彩虹。太阳谷湖囤金流翠美得像梦幻般。

路过我身边的人，都跟我打招呼，展露笑容。感觉上西方人比较讲文明，开车者过无指示灯的马路，老远就会停下礼让行人，摇下车窗打手势请你先过，西方人大都会这样做。吾等亚裔人士好像胸口写个“勇”字，只要行人站在路边犹豫观望，他就视而不见，当仁不让急驰而去。到商店购物，你会感受到热情亲切，每次收银机前结了账，服务员总会道谢并送上祝福语“祝您有愉快的一天”。你不必深究邂逅的陌生人笑容背后有多少真诚，也许她嫣然一笑只是一种习惯。但这种文明习惯的养成深入骨髓，令人变得友善优雅。或许这就是所谓的“贵族精神”吧。这让我想起一则故事：1793 年 1 月 21 日，在巴黎的协和广场，一个行将被处死的囚徒，上断头台时不小心踩到了刽子手的脚，她马上下意识地说了句：“对不起，先生。”她就是法国路易十六王后玛丽·安托瓦内特。说完道歉的话，几分钟后她便与国王丈夫被斩首，死于刽子手刀下。也许你会觉得王后太过迂腐，但我仍不得不赞美她的绝世的气质。

绕湖走了三圈，我在湖滨长椅上坐下歇息，怡然地看着湖中水禽游来游去。“你好!”耳畔突然响起了乡音。“噢，你好你好!”我连忙回应。抬头看，是一个微胖的华裔老者站在我侧边向我问好。我已经碰见过好几回这位老者，但只是点头致意未搭上话。他也在长椅上坐下，我们闲聊起来。他指着湖对面的一群建筑说他就住在那儿。朝他指的方向望去，但见一排灰墙黑瓦的小楼掩映在枫树荫中，离湖仅咫尺之遥，尽览湖光山色，环境十分优美。老人家也许是闷得太久了，今天终于找到倾谈对象，打开话匣子，滔滔不绝地侃起大山来。

闲谈间，我了解到他是一个无儿无女、无依无靠的孤独老人，就住在对面的“亚柏文”屋邨。他不说，我还以为那排湖滨美丽的楼房是有钱人的宅第呢。在美国的都市中，有许多这样的“飞地”，专门规划出来盖一些房子让城市贫民租住。无论地价怎样飞涨，这些租屋都不虞被拆迁。于是在豪宅或商厦包围圈中，这种显得有些简陋的建筑便奇葩似的开放。政府的理念是，城市由各种人组成，低收入的蓝领阶层如市政园林杂工、建筑装修小工、超市理货员、餐馆洗碗工等等，他们也有权在城市板块中占一席之地、分享城市发展的成果。

老人还说了个发生在他身上的故事，旨在提醒我这新移民，美国有许多“古怪”的法律，不但联邦（全国）有，各州还有州立的“怪法”，要小心，别犯法。他说：“那年秋天我刚到美国，看到家门口街道上落了许多枯枝败叶，一连几天我都好心打扫街道，把枯枝败叶倒入路边垃圾箱，结果被人举报而遭检控，告上法庭。因加州法律规定，任何人向公共垃圾箱倾倒大量私人垃圾即属违法，扫街是市政人员的事，我去扫了，街上的落叶就变成我的私人垃圾，塞满了街边垃圾箱，就变成霸占公共财物，所以法庭判我罚款50元。”

说罢老人哭笑不得，叹了口气说：“唉，真的太倒霉了”。我哈哈大笑道：“这件事告诉我们，在美国学雷锋是犯法的。”

老人说：“好笑吧？我再讲一个故事更好笑，”他略作停顿说道，“有一次，一个小偷翻墙到我朋友家偷东西，结果因为围栏不太稳，导致小偷跌倒。一般来说我们会以为小偷跌倒活该，可是你万万想不到小偷把屋主告到法庭去，说‘我在你的地方受了伤，你要赔我’。而你更加万万想不到法官最后判小偷胜诉，我的朋友赔了一笔钱给小偷，包括医药费、营养费和‘误工补贴’。因为加州法律规定，不管此人动机是什么，他在你的地方跌倒你就得赔。”我笑不出来，说道：“这是什么法？太恶劣了！难道屋主要把围栏修牢固确保小偷安全偷到东西吗?”老人说:“你可以骂娘,但这条法令的用意是,你的围栏不牢可以伤到小偷,也可能伤到路人,你有责任保证你家的篱笆围墙的安全性。”“但他是小偷!”我大声反驳。老人淡然地说:“他还没偷到东西。”“啊,啊……”我夫复何言。

确实美国有不少令人难以理解的“怪法”,有的立法依据匪夷所思,加州和科州 2013 年底就诞生两宗新怪法。一宗是加州学校允许变性学生自由选择使用男女洗手间,此项立法意图在于尊重变性学生的权益云云。二是当纽约时代广场水晶球落下、2014 年元旦钟声响起时,科罗拉多州大麻烟雾也随即升腾起来,该州从 1 月 1 日起通过立法允许贩售消遣用大麻,也就是说只要民众单纯想享用“吸麻快感”就可购买大麻,科州也成全美第一个允许贩售消遣用大麻的州。前一项立法结果是一个人自由了,所有人尴尬了。后一项立法令百年查禁大麻毒品彻底破功,为满足某些人“吸麻快感”而令罪案剧增,全国瘾君子涌入科州,搅得乌烟瘴气。

法律永无完美,人格可臻至善。

当我们互相道别的时候,已是日上中天,满湖囤金流翠,好一个暖冬。

（五）

快乐的老墨

太阳谷的夏季白昼很长，晚上八点多钟天还很亮。傍晚，湖滨屋宇、花木、教堂都沐浴在薄明的暮色中。远山如黛，起伏蜿蜒在天边，落日衔山，光芒敛尽，艳如一盘胭脂，晚霞像燃烧的岩浆，泼洒在空中，作辐射形散开，有的像山峦叠嶂，有的像猛兽蛟龙，有的像鱼鳞瓦楞，千奇百怪、不可名状。

晚风习习，天光澹澹，太阳谷湖游人渐多。美丽的太阳谷湖，常被新婚的情侣选作婚纱摄影的胜地。

这天，我看见一对墨西哥裔男女借用太阳谷社区中心举办婚礼，新郎挽着新娘从湖滨斜坡上走下来，男的西装革履，梳着油光发亮的大背头，女的穿着雪白的蓬蓬抹胸婚纱。专业婚纱摄影师端着相机，跑来闪去，从各个角度拍摄新人的倩影。新娘是个肥妹，肉嘟嘟地一步一颤，新郎倌一路小心翼翼地挽着她前行。新娘满脸堆笑，一副幸福满满的样子。

婚宴设在中心礼堂，新郎新娘拍完照回到礼堂，全体亲友报以热烈的掌声、欢呼声。礼堂四周摆满铺着红布的餐桌，中间留出一块场地作舞池。乐队演奏舞曲，众人翩翩起舞。为感受墨西哥风情，我站在礼堂窗外观看。

大厅里墨西哥人热情奔放，大秀舞技，流行和传统的“哈拉拜舞”、“乌阿班戈”以及印第安舞蹈纷纷登场。最悦目的是“哈拉拜舞”，这是一种印第安与西班牙混合文化的舞蹈，姑娘们穿着鲜艳的大裙子，裙边有五十多尺宽，舞蹈时姑娘们双手舞弄裙边，把宽大的裙子旋转成朵朵飞扬的裙花。而小伙子们则身穿黑色服装，头戴宽边帽，足蹬皮靴，双脚有节奏地踢踏着，把舞池当作了大鼓，掌声、口哨声、踢踏声混合成热力四射的场面。我正看得入神，好客的主人邀请我入内参加婚礼，我语言不通又不会跳舞，婉谢了他们的好意。

美国有近千万的墨西哥人，他们被称为“老墨”，绝大多数是偷渡到美国的。老墨是彻底的乐天派民族，似乎不知苦恼为何物。他们喜欢音乐舞蹈喝酒唱歌，很少见到愁眉苦脸的墨西哥人。老墨承担多数其他族裔不愿干的工作，他们收入低但生活享受可不低。中国人的观念是“工作为了挣钱，挣钱为了养老”，老墨认为中国人有病。老墨的观念是“工作是为了休息和游乐”，中国人同样觉得他们有病。老墨的行为在中国人眼里简直不可思议，他们有的人为了去旅游度假，竟然会先把被子拿去当掉，然后高高兴兴地去度假，回来睡觉盖什么根本不想，到时再说。

老墨在一个地方都干不长，不是他们懒惰而是因为贪玩。他们袋底有点钱就会“失踪”，昨天还干得好好的，今天领了工资就不告而别，去参加朋友的派对跳舞喝酒，或者自己开派对请朋友跳舞喝酒。钱花光了，有的跑去华人菜馆，对老板说，快，先给我饭吃，我替你干两天活用人工抵饭钱。干没多久攒了点钱又玩失踪。所以不少老板提起请老墨打工就甩手摇头。

墨西哥人的血液里，似乎从出生起就注入了舞蹈细胞。墨西哥人具有天生的“电动臀”，就是屁股好像安了电动马达，抖起来频率特快。特别是女的，虽然大多数墨西哥女人长得“丰乳肥臀”，但跳起舞来“电臀如蛇似筛”。别以为提胯扭动的舞步很简单，一般人很容易弄闪了腰。也许是心宽体胖吧，墨西哥女人屁股真大，有一则笑话说，墨西哥人吵架，女人吼道：“再吵，老娘一屁股坐死你！”

老墨为人热情没有坏心眼，但你买房子时邻居若是老墨最好避之则吉。我有一个天津朋友，好不容易储钱买了幢独立屋，乔迁之喜刚几天，听到隔壁高分贝喇叭播放舞曲，声浪几乎要把人抬起来，震耳欲聋。原来邻居是老墨，在后花园办家庭舞会，请了一大班人又唱又跳狂欢到凌晨两点方休。由于周围都住着老墨，我那朋友怕得罪人，不敢投诉只好哑忍。半年下来，忍无可忍，只好走为上策、搬家为妙。

我踏着溶溶的月色回家时，婚礼还在进行，歌舞正酣。我心里暗忖：如果拿墨西哥人与中国人的性格作比较，哪个性格好呢？我不知道。不过，可以肯定的是墨西哥人确实要比中国人快乐。

看茶

汕头友人赠我一套茶具，青花瓷纹，雪白釉底，形如上古先民用的豆灯，中一柄立柱擎托一漏杯，柱侧一小嘴下承一拳小壶，配有四盏薄如蛋壳的茶杯。柄柱的背后有一按钮，轻轻一摁，茶水便滴滴沥沥流入壶中。雪白的釉底上洒了三角梅的青花，亭亭玉柱戴着莲花帽，活脱脱是一位清纯窈窕的潮汕渔家妹子，教人爱怜。

我携着它飞渡万里关山，带到加州硅谷。

我把它摆在客厅的茶几上，阳光从百叶窗的窗棂射入，洒在青花茶具上，异国的客厅乍然亮起唐诗宋词的光芒，杯与杯磕碰的铿锵声，仿佛苏东坡与陆游举杯邀月的吟唱。

我拈一撮来自家乡的武夷岩茶，投入漏杯；煮沸森尼维尔山谷的泉水，注入茶中，让茶叶与沸水交融，轻摁按钮，茶水从小嘴飙出，壶嘴似有鸟声雾气腾起，啜一口香茗，“两腋清风起”，但我不是“欲上蓬莱”去，而是魂回武夷山了。盖因我用的茶叶是我的至爱武夷岩茶大红袍。

李白好酒，是“诗仙”，故云“李白斗酒诗百篇”。苏东坡好茶，是“文圣”，他更厉害——“三碗搜枯肠，惟有文字五千卷”。李白诗歌有仙气，东坡诗文有禅味。

喝茶不像喝酒，喝酒拧开瓶盖斟酒便喝，干脆利索。喝茶讲茶道，过程相当繁复。喝茶第一个重要的环节是“看茶”。

看茶先看茶形、茶具、茶名，苏老夫子说“从来佳茗似佳人”，为描摹这位佳人，他发明创造了许多美丽的词汇：雀舌、雪花、雨脚、麦粒，茶具则有黄金碾、兔毫盏、琢红玉，还有古茶叶名牌紫云堆、老龙团、真凤髓……至于现代名茶则有铁观音、大红袍、龙井、碧螺春、信阳毛尖、冻顶乌龙等等，喝茶人讲究茶水与器具相匹配。乌龙茶要用“曼生壶，若琛瓯”，必须将茶水从壶里倒到小瓯里，考究的还配有拇指大小的闻香杯，先闻后饮。绿茶就最好用玻璃杯，看茶叶在晶莹剔透的杯中如花般绽放，未饮先醉，自然别有风味。有的人还会无端生出许多人生感慨。

再看烹茶过程。苏老夫子写得极为生动，他在《试院煎茶》写道：“蟹眼已过鱼眼生，飕飕欲作松风鸣。蒙茸出磨细珠落，眩转绕瓯飞雪轻……”蟹眼水泡变成鱼眼，亦即大泡变小泡时，水就煮沸了。蒸汽顶起壶盖发出飕飕松风声，然后就是投茶注水，看珠落雪飞，“玉盏霞生液，金瓯雪泛花”了。《茶说》云：“汤者茶之司命，见其沸如鱼目，微微有声，是为一沸。铫缘涌如连珠，是为二沸。腾波鼓浪，是为三沸。一沸太稚，谓之婴儿沸；三沸太老，谓之百寿汤；若水面浮珠，声若松涛，是为二沸，正好之候也。”观赏煎水泡茶出水落盏到茶香摩鼻的过程，涤尘滤俗，心情愉悦。

此外，喝茶还要看环境，看茶友。酒友不大选择，茶友可得细挑。喝酒可以在酒楼食府，也可以在荒村野店，呼朋唤友，开怀畅饮。喝茶虽然可以上茶馆，也可像潮汕闽南一带，坐在榕树下的竹椅矮桌泡工夫茶摆龙门阵，但仍比喝酒雅气得多。苏东坡说：“从来名士能评水，自古高僧爱斗茶。”酒求人多，茶要人少。酒是越喝越热闹，越喝越兴奋；而茶，则越喝越清醒，越喝越淡泊。

品茶的环境宜清、宜静、宜闲、宜空，而不宜过雅。徐渭说：“茶宜精舍，云林，竹灶，幽人雅士，寒霄静坐，松月下，花鸟间，清白石，绿鲜苍苔，素手汲泉，红妆扫雪，船头吹火，竹里取烟。”不过这是文人雅士的品茗环境，似乎过于雅致，而难达禅宗论道“自心是佛”的空灵之境。不若以茶的本性来论说来得贴切：冷静、思索、理智。这和禅当下得到宁静的思想宗旨也是一致的。

我现在泡茶，还泡出乡愁。坐在森尼维尔的家中，煮水烹茶，看茶叶在沸水中舒展浮动，耳畔仿佛传来家乡三月的茶山、躲在树丛里的鹧鸪咕咕咕咕的啼叫，那叫声带着湿漉漉的雨气雾气，浸润了我的乡愁。看那茶色渐泡渐浓，变得像家乡佳酿土黄酒澄黄的酒色。这时我便陶醉在往昔美好的回忆中，正是茶亦醉人何必酒。

酒独酌是为闷酒，越喝越孤独、越喝越闷闷不乐。茶可以独饮，“昏俗尘劳，一啜而散”。在美利坚我不识英文不懂驾车甚少与人交往，平时宅在家里上网读书写作，幸有汕头友人送我的这副茶具，日日与我做伴，沏茶品茗自娱。苏东坡云：“不用撑肠挂腹文字五千卷，但愿一瓯常及睡足日高时。”所言极是，真是我向往追寻的生活境界。

听香

我在森尼维尔市的居所，有一小花园，夹在车房和饭厅之间，十米见方，上嵌一爿蓝天，中留一块水泥小坪，三面环以花槽。我在园中可坐可卧可踱可蹴，望天观花看茶听香，小天地大快乐。

我和老妻营造了这块小天地。当初搬来时，小园已经荒芜倾颓，花槽挡板崩坏，泥土壅塞明沟，雨水无去路，烂泥淤积。玫瑰花残叶颓唯剩枯枝尖刺，萱草疯长如乱发披靡，绿苔侵阶，败叶委地，满目疮痍、萧索。我和老妻决定自己动手修葺花园，铲土砌砖，锄根清淤，足足忙碌了半个月，终见花园焕然一新。

接着，我们到花圃挑选花苗。今朝一株明日一丛，像紫燕衔枝筑巢，慢慢装点我们的花园。又过一个月，花园已种植十几种花卉果木，有簕杜鹃、山茶花、含笑、六月雪、木槿和九里香等，还有西红柿、青椒、柠檬树。我们还专程买来两个花盆，一个是欧式立柱花盆，一个是祖母绿釉罐，都种上宝石花。听听这花别名：粉莲、胧月、初霜。多富有诗意。她似花非花，亦叶亦花，卵形厚叶，粉莲座状，聚伞花序，腋生层叠，被誉为永不凋谢的花朵。这种花以前我在国内很少见到，当然对她另眼相看、特别青睐。

二月莳花，到了五月初夏，园子里的花已开得姹紫嫣红，而那些果蔬也都果实累累了。西红柿居然长了半个人高，蛮横地霸占了左侧半条花槽，骄傲地展示它通身挂满小红宫灯似的果实，挨着它的青椒不甘示弱，也枝杈横出，与西红柿拗手挤肩，通身也披挂示威："我的果实比你大!"果然，滴里嘟噜的青椒，只只大若拳头。站在背后的柠檬像个谦谦君子，不介入它们的争拗，只默默地把黄澄澄的果实挂在胸前……

一天，我听到嗡嗡营营的蜜蜂声，接着就嗅到一缕淡淡的花香，循声觅香，瞥见几只蜜蜂正围着山茶花翩翩翔舞，这才惊觉，昨天还像徽州羊毫笔头般紧闭的花苞，一夜之间竟破蕊而出，绽放如初冬的晴雪，白得有些炫目刺眼。最教人惊喜的是蜜蜂把它的花香牵曳出来，幽幽地沁人心脾。

哦！香，竟是可以听的！我的花园给了我这么一个哲理的启示。正是：雨过树头云气湿，风来花底鸟声香。大自然美就美在各种物类的分工合作，互相协调，而达至和谐共存之美。鸟声、风声、水声以至琴笛之声，殷勤地把花讯从这个城市带到那个城市，带给乡村、溪流、田野和高山密林……

诗话中就有通感一说，钱钟书先生在《通感》一文中说道，在日常经验里，五官的感觉简直可以互通有无、彼此相生的：颜色似乎会有温度，声音似乎会有形象，冷暖似乎会有重量，气味似乎会有锋芒。花红得发“热”，山绿得发“冷”，光度和音量忽然有了体积——瘦，颜色和香气忽然都有了声息——闹：鸟声熏了“香”，风声竟染“绿”；白云“学”流水声，绿荫“里”寂静感，日色与风共“香”，月色有籁可“听”；燕语和剪一样“明利”，鸟语如“丸”可以抛落……

是的，紫燕呢喃桃红李白。春天柳絮在啁啾的黄鹂声中飞舞，杏花的香味是从牧童的笛声里传来的。鹧鸪声中映山红燃遍山野，稻花香里听取蛙声一片。蝉鸣荔红桂飘香。大雁叫西风，雪落漠北梅花暗香透……而最令我愉悦的是，每天清晨我被园外枝头上的柳莺、绣眼鸟、黄雀等叫醒，听到它们叽叽喳喳的辩论声，窗未启帘未卷，已从鸟声中闻到窗外带露的青草香。

苏东坡有一首咏莲的诗吟唱道：“城中担上卖莲房，未抵西湖泛野航。旋折荷花剥莲子，露为风味月为香。”露是什么风味？月又是怎样的香？有谁能知？朦朦胧胧你感觉去吧。在这里已不是听香而是看香了。苏东坡的诗总教人拍案叫绝。

蓦然想起胡兰成在《民国女子》里写的一段话：“一日午后好天气，爱玲穿一件桃红单旗袍，我说好看。爱玲说，桃红的颜色闻得见香气。”桃红色，往往令人联想起桃花、蔷薇、樱花之类的花朵来，便仿佛闻到了花香。这段文字写出了张爱玲“衣上看香”的生活轶事。才女就是才女，轻轻一句话便让衣服上的颜色变得“活色”生香了，与苏东坡咏莲诗有异曲同工之妙。

小园不仅招蜂引蝶，还吸引了麻雀、蜂鸟和松鼠的光临，我就透过小园的上空看到飞过的鸟群，它们向我报道了花期花讯，让我从它们的鸣唱中听到了花开花落，听到了四季更替的跫音。

有了小园，平时我喜欢搬一张椅子坐在园子里，沏一壶武夷岩茶，什么也不做，什么也不想，闭目听香，禅入我心，花落满怀，静凝红尘千虑，绽开一瓣心香。

纳帕，我会回来

“酒是封存在瓶中的诗歌。”美国著名诗人罗伯特·史蒂文森如是说。

纳帕有美酒，纳帕就是一首美丽的诗。

纳帕有各种各样品牌的红白葡萄酒，每种酒都有自己的品味，宛如风格各异的诗：赤霞珠浓郁似火，霞多丽柔绵如丝，长相思清淡如玉，而红酒中的皇后黑皮诺则精细而优雅，能够释放出既充满力量又满怀温柔的触感……

纳帕酒乡，距我住的硅谷森尼维尔市大约三个小时车程。秋日，菊黄枫红蟹肥葡萄熟了，女儿蕾提议到酒乡度周末，而且要住一宿。为体验最纯粹的当地生活，行前我们在网上预订了一处家庭式小旅店，还编排好行程、选好要探访的酒庄，做足准备功夫，这才束装就道，驱车前往。

深秋的一天，我们去读纳帕这首诗。

纳帕是一片云蒸雾罩的雪茄状谷地，她位于美国加利福尼亚州中部纳帕河畔。其实，这里并没有什么山谷，她是一片广衮绵延的丘陵。纳帕山谷阳光灿烂，气候宜人，清澈的溪水静静地流淌，滋润着两岸翡翠般的草地和沟垄线条流畅的葡萄园，也酝酿出醇香柔和回味无穷的纳帕葡萄酒，纳帕已经成为美国酒文化的代名词。

秋阳静好，车子在纤尘不染的柏油路上滑翔。车驶入纳帕地区，绿色就像潮水一样扑面而来，平畴、山坡尽是葡萄园，延绵不断。在方圆25平方公里的纳帕地区，山谷里坡地上散落着城堡式、宫廷式、农舍式风格各异、大大小小的400多家酒庄。

纳帕这首诗，她的第一句是“你会回来”。

“纳帕”这个词的含义就是“你会回来”。“你会回来”多么自信的话语！只有纳帕才有勇气这么说，只有纳帕才有资格这么说。她的魅力让游子停下远行的脚步，回到她的身边，重投她的怀抱！纳帕流传着这样一个故事，早年许多年轻人曾离开纳帕山谷去闯荡世界，他们在外面流浪漂泊，最后兜兜转转，倦鸟知还，大多又都重新回到这个美丽的小镇，与葡萄园为伴厮守终生。或许，“Napa”的真正含义应该是“故土”，所以才能这样深入骨髓，让人永远无法离开。

是的，“你会回来”！如果你有幸踏访纳帕，你就会体味到这句话的力量。这里芬芳的阳光亲吻着你的发丝你的脸颊，在你的耳边絮语“你会回来”，潺潺的小溪在叮嘱“你会回来”，吹过葡萄园的风在呼唤“你会回来”，云雀在空中欢唱

"你会回来"，嫣红的葡萄美酒飘散着醉人的醇香，沁入你的心脾，心语声声"你会回来"……

纳帕有富丽堂皇如宫殿般的酒庄，也有古旧质朴似农舍般的酒庄，但她们都有充满诗意的名字，这些名字是水晶酒杯触碰时发出的铿锵音韵，你听听：萤梦园、百花谷、鹿跃酒庄、玫瑰庄园……还有那葡萄的名字，你即使未曾尝到用它们酿的酒，只要听到它们流光溢彩的名字就已令你醺醺欲醉，你看看，霞多丽、赤霞珠、黑皮诺……多甜美多香醇！

上天厚爱这一方水土，让纳帕变成流蜜飘香的地方。这里气候独特，白昼日照充分，夜晚温度骤降，非常有利于水果内的糖分生成和积累。这也是为什么酒乡除了葡萄以外，也盛产各种水果的原因。加州最早的葡萄园和酒庄兴起于索诺玛，到了 20 世纪 20 ～ 30 年代，由于美国禁酒令的实施，以及病虫害的影响，索诺玛的葡萄种植及酿酒业一落千丈，趋向衰落。而纳帕的酿酒历史出现较晚，因而避免了历史的波折，得以顺利发展、后来居上，在 20 世纪 70 年代时更是一跃成为世界顶级的葡萄酒产地。索诺玛在近年来也逐渐恢复了往日的风采，如今历经岁月磨洗的索诺玛和纳帕交相辉映，共同谱写着美国酒文化的新篇章。

提起葡萄酒，世人尤其是中国的酒友似乎只知法国波尔多而不识美国纳帕谷。其实早在上世纪70年代一次“巴黎盲品”会上，纳帕酒已一举击败波尔多酒，令它俯首称臣。1976年，享誉国际的葡萄酒大师英国人Steven Spurrie组织了一次巴黎葡萄名酒评酒会。评委全是来自法国的9位最具威名的葡萄酒评鉴家们。自信的法国人充分相信这次比赛他们可以完胜收场，所以主动提出为了公平起见，采用最专业的盲品方式，以免胜之不武。结果来自加州纳帕谷的霞多丽摘得白葡萄酒组桂冠，同样是纳帕谷的赤霞珠则位居红葡萄酒组榜首，高卢人遭遇了滑铁卢。

在纳帕，你可以选择享受奢华的贵族式消费，品美酒、飨海鲜大餐，这里有世界级名厨主理的宫廷宴，让你大快朵颐；也可以去体验乡村田园牧歌式的生活，回归自然，把心安顿在山水草根之间。我们选择了后者。

我们投宿的旅馆名叫做“葡萄藤山丘”。选这家旅馆一是贪图它便宜，二是青睐它够古老又够特别。这家旅馆真“迷你”，说它是旅馆其实不过是一个五间房的独立住宅改建的。一间住着一个名叫Kathy的老太太，她既是房东又是店主还是服务生，一脚踢全部包揽。另外四间才是客房租给旅客。这是一座百年老宅了，典型的维多利亚式建筑风格。看得出进行过多次翻修，墙壁和柱子刷了好几遍油漆，像老妇脸上搽了过多的粉底，厚起来了。然而唯其古旧，唯其简朴，正是我们选中它的原因。

进得门来，迎面是通往客房的楼梯。右边的客厅里，除了一部老式电视机和几张沙发外，最显眼的就是一个大书架，上面满满当当地摆放着各种书籍。楼梯左边是餐厅，长条形的餐桌也就能坐六七个人。餐桌和椅子都看得出年头不少了，地上铺着的地毯，有些地方已经磨得发白。餐桌的上方，则挂着一盏枝形的吊灯，灯光比较暗淡，幽黄得如同烛光。桌上摆放的餐具干净而整齐，但早已经褪去了昔日的银亮。餐厅的壁龛里陈列着一些古董，墙上则悬挂着历任房主的照片，相纸已泛黄，像是在述说着陈年的故事。厨房紧挨着餐厅，墙上和冰箱上贴满了各种记事的小纸条，五颜六色的；桌上放着当天的报纸，信件和杂志；灶台边的架子上挂着抹布，一堆的碗碟正泡在池子里——如自己家的厨房一样。Kathy 在这里忙前忙后，她的小孙儿则和一条大狗正玩得起劲，而他们家的猫有点被冷落的意思，自己在四处没精打采地转悠。我不懂英语，与老太太碰面除了点头还是点头。

走上楼梯，首先看到的是公用的阳台。旁边就是四间客房，都有名字，颇为别致分别是“玫瑰”、“鼠尾草”、“小池”和“葡萄园”。我们预订的两间叫“鼠尾草”和“小池”靠左侧，已是占了旅馆半壁江山。我和老伴一间，女儿蕾单独一间。客房空间狭小，床铺是已基本绝迹的铁架床，窗帘是白色的毛毡，浴缸和喷头都像是半个世纪前的物品了，管道的外壁上可以看见斑斑铜锈。用过晚餐，天暗下来，周围也没地方去，早早就上床，枕着溪声草虫声睡了。

翌日清晨，啁啾的鸟声从窗棂钻进来，还拖曳着淡淡的花香。推窗，张开鼻翼深呼吸，让清新的空气溢满胸腔。然后迫不及待地走出门去看看。旅馆正门外的走廊上，摆着一张老式长椅，正好对视着门前的喷水池、雕像和小路。几只两指大的蜂鸟，围着喷泉雕像喷射的水花，欢快地扇动着翅膀，时而旋舞，时而啄饮水花。

这座两层高维多利亚风格建筑，墙体髹成白色而尖顶则是深灰色，吐露着它百年沧桑的经历——所有的一切，就如同众多美国电影中的乡村别墅一样。不一样的是它坐落的位置一侧是葡萄园，另一侧是苹果园。

明媚的阳光洒满葡萄园，叶尖晶莹的露珠像万千水晶坠子，星星点点地闪烁着。怕露水濡湿裤管，绕道走进一片苹果园。立即嗅到空气中弥漫着的果香，累累的苹果压弯了枝头，果子以青色居多，间中也有红色的，熟透的落了一地。果园边上有几畦菜圃，种着南瓜和西红柿。鲜艳的西红柿像无数小小的宫灯，滴里嘟噜垂挂在藤蔓和绿叶间；肥大的南瓜上贴着笑脸的图案，应该是为万圣节的装饰准备的。再旁边是一个马厩和一片圈起来的空地，里面有一匹小马驹，地上铺着麦秸秆，小马驹在悠闲地兜圈踱步……好一幅田园牧歌的画图！久违了。被城嚣蹂躏得疲惫不堪的心，在这里找到短暂的憩息。当远离喧闹的都市和功利的商业文化，不必为生计而奔波时，人的行为会更贴近自然，更贴近内心的真实。

早餐时终于见到另外两间房的房客，一对也是来自硅谷的华裔夫妇，另一对来自佛罗里达的白人夫妇。早餐是牛油面包、茄汁蛋面、乳酪还有水果，当然少不了苹果和葡萄。大家都坐到那张长桌上，搭讪着，东一句西一句聊着天。狗蜷卧在椅子旁摇着尾巴，猫则在桌子底下钻来钻去。Kathy 笑眯眯给大家斟茶，还用生硬的中文跟我打招呼："呢号（你好）！"不管你说什么，她都是"鞋鞋（谢谢）"，我想即使你骂她她也会回应"鞋鞋"的吧。说罢她总是爆发出一串笑声。用完餐各奔前程，老太太在门口不断挥手喊着"拜拜"！

在纳帕谷以及邻近地区的数百家酒庄中，究竟谁最享有盛名？

这个问题恐怕没人能给出标准答案。这里众多的酒庄中，各自有着迥然不同的历史、文化、建筑、特产酒系列，也都以自己的特色而自成一系，形成了纳帕地区酒庄千姿百态、各领风骚的景观。纳帕麕集四百多家酒庄，倘若要细看恐怕一年半载也未必逛得完。

车还在主干道上行驶时，远远就看到了 Ledson 酒庄。那恢宏的法国诺曼底式建筑，矗立在晴空下，中世纪式的塔楼拱卫簇拥，尖顶直指苍穹，气势逼人。车拐入岔道，你仿佛被吸入时光隧道，从现实旋入梦幻，童话般的城堡，让你觉得自己正要去晋见诺曼底公爵威廉；走在鹅卵石铺成的甬道上，仿佛看见法国文豪、诺曼底人福楼拜正迎面走来……呵呵，那真是酒不醉人人自醉了。穿过城堡的拱门，从门廊到梁柱，台阶到藻顶，无不透出雍容大气。推开镶嵌玻璃的大门，迎面就是旋转式的楼梯和扶手，头上精美的复瓣莲花水晶吊灯，和天主教教堂风格的窗子。城堡里面也是装潢精致，大理石的壁炉，穹顶的天花板，样样都显示出设计的匠心独到。

出了“城堡酒庄”，下个探访点，我们相中“花园酒庄”。这个酒庄是一对叫 Goff 的夫妇所建，已被列为全美历史保护遗址。车抵大门口，映入眼帘的是白墙红瓦的角楼和挺拔的棕榈树交相辉映。走进院门，一个大花园展现在眼前，方正笔直的园中小径，环绕着绿树花丛。各种植物中，最吸引人的是大门边一株巨大的仙人掌，而园中央是一座喷泉，水柱喷涌，跳珠溅玉，下面水池中闪闪发亮的都是游人抛下的硬币。

城堡，花园，喷泉和拱桥，以及园中的陈年旧物，静静地在这里一卧就是近九十年，见证着过往的人物和历史，自身也化作了历史的一部分。最特别的是，这里有两口鱼池，它们是仿照北美五大湖中的密歇根湖和林伦湖的形状修建，蕴含着创建人一丝悠悠的乡愁。

游客在树荫下，藤椅上，抿一口庄园自产的白酒或红酒，再用面粉烘烤成的小棒，蘸着覆盆子酱或者香槟草莓酱之类，慢慢嚼着，看着满园的花草和阳光，宁谧而温馨，谛听风中“沙沙”的树叶声，如敲玉鸣金，躁动的心一下子安顿了下来。我品味着 Goff 夫妇用乡愁酿成的红酒，让我感受到“此心安处是吾乡”的含意……

端着一杯红酒，临风而立，此时落日熔金，天边的晚霞宛如杯中的酒色，美丽而醉人。晚风中，传来远处教堂的钟声，咣，咣，一声又一声，悠远绵长，我仿佛听到钟声在说：“你——会——回——来”。这是纳帕的晚祷么？我默默地在心里回答：“是的，我会回来！”

第二辑

束花归砚

岁月如飘零的花瓣，永不凋谢的是笔底墨花。

牙齿的祭文

我大半生没什么病，就牙痛折磨得我够呛，现在我满嘴全是假牙，真牙全部阵亡了，它们在我60岁之前，为我吃香喝辣啃骨撕肉咬硬嚼筋做出牺牲奉献。我总想写一篇祭文，悼念我的牙齿。但因疏懒一直拖到今天我的假牙已经三周岁了，才执笔为文，呜呼，牙齿们，我怀念你们。

“牙痛不是病，痛起来要老命”，不知道是谁发明了这么有哲理的话。牙痛虽无死亡之虞，但痛起来，泪水直飙恨不得立即剜肉敲骨。

我从孩童起就患蛀牙，皆为糖食所坏。记得七八岁时，我与同伴意外发现了山边蔗田深处，居然躲着一间糖作坊。砍蔗季节，榨汁熬糖，平时则荒废空置。我们发现它的时候，它像个弃婴蓬头垢面、孤零零地站在田间，然而它却是我们的宝贝我们的乐园。我们闯进去，趴在糖槽上，用手指抠用竹片刮，攫取残留的糖渣，塞进嘴里大吮大嚼。这一发现，足足让我们狂欢了一个礼拜，每天傍晚我们都会溜去偷糖，直到把糖槽的板壁剥下一层皮才无奈放弃。那阵子晚上连做梦都吧咂着嘴，回味蔗糖的甜美。不久，我便第一次尝到了牙痛的滋味。但是糖食对孩童诱惑，始终是魅力无法挡，逢年过节糖豆、花生糖、爆米花，一把一把往嘴里送，咯嘣咯嘣嚼个不停。在孩子眼里，如果没有这些糖豆、花生糖之类，就不算过年过节，或者说这年节过得不甜。

小时候，我做的最有耐性最自觉的事，便是收集鸡鸭毛，剔除杂质，洗净晒干，此外到处寻找破铜烂铁牙膏皮，积累到一定数量，就天天巴望着巷口快点传来“叮叮”的敲击声、巴望看到一个微驼的身影——那是一个收破烂的北方佬，他敲着铁板，挑着两只箩筐一路晃晃悠悠走来。我早就迫不及待，箭也似的飞出院子，拿那些废品换他的麦芽糖。他用小铁锤“叮叮”地敲下几块糖递给我，见我仍不屈不挠地盯着担子，他又很不甘愿地敲下一小块，嘴里嘀咕着“没了没了，我亏大了……”

随着年龄渐长，烂牙数亦在增加，牙痛不时发作，寝食难安，苦不堪言，但我始终不够勇气拔牙。记得当年乡间经常看到江湖郎中在街头卖艺，兜售狗皮膏还魂追风丹还现场表演捉虫拔牙，然而观摩之后更增加了害怕的心理。江湖郎中说牙痛是因为有蛀虫，他即时用手指沾了一点他自制的药粉，涂在患者烂牙上，然后从患者口腔里抠出一些秽物，抹在手心，人们便看到几条米虫似的生物在他巴掌上蠕动。引起一片“哇哇”

声，那汉子更甩了白布褂，赤膊上阵，亮出一把老虎钳，从观众中找出一个自愿者，把钳子伸进口中，夹牢烂牙，叫患者大声咳嗽一声："嗯哼！"烂牙就夹在钳嘴上了，他大声喝问患者"痛不痛"，患者张着缺齿钉钯似的嘴大声回答："不痛！"奇怪的是不单止不痛还一点血也没有，我反而更害怕了。

二十多年前我移居香港，常去逛"平民夜总会"庙街，也看到"无痛拔牙"的活剧，不过工具精致多了，老虎钳变成了镊子，打赤膊的江湖郎中变成穿团云纱的"再世华陀"，而且还有一个穿着红裤衩的助手——小猢狲。它的主人在卖嘴皮子，它就咣咣地敲锣壮胆助声势。主人从患者嘴里拔出一颗烂牙，铛啷丢在铜锣上，小猢狲便把锣槌夹在胳肢窝，手捧盛着烂牙的铜锣，扭着屁股摇摇摆摆绕场一周，让围观的"看官"检视烂牙，为主人招徕生意……虽然档口竖着"妙手拔牙，有痛包赔！"的告示，但我仍不敢尝试。

中年后，我的牙病更甚了。终于忍无可忍跑去看医生，牙医说我的牙齿至少要拔掉六颗，否则，牙周病将越来越厉害。正当我下决心"引颈挨刀成一快"时，被一位老友劝阻了。老友的小说写得一级棒，人也风趣得很。那天约他和几个朋友鸥波一聚，见面时大吃一惊，他的嘴唇凹进去，像只风干的橘子，或者像个乡下老太婆。我说，老兄你这是……他说，啊，我的牙齿全拔了，现在成了无齿之徒。我说为什么不安个假牙呢？他说，安了，不过今天见朋友说真话不戴假牙，到上头开会说假话戴假牙。吃饭时他把假牙戴上了，我说我正打算把牙齿拔了安假牙，他头摇得像电风扇，认为切切不可，他说牙齿拔光了把一个人的自信心也全拔了。我说不至于吧。他正要申辩，我突然发现他上排的假牙不见了，急忙寻找，赫然发现那排假牙插在咬了一半的芋头上。举座怔然，继而哄堂大笑。

在朋友的劝阻下，我的假牙计划搁浅。后来，我去了美国，羁旅加州硅谷。一天晚上写稿至深夜，饥肠辘辘，在雪柜只找到花生雪批充饥，结果一不小心“咯噔”咬崩了一只门牙。缺了一颗牙，不但仪容“有碍观瞻”，而且说话漏风，更严重的是，原本牙齿排排长着，你挨着我我挨着你，相扶相持，如今缺了一颗，就引起多米诺骨牌效应，不久就发现紧邻的牙齿开始松动，摇摇欲坠。我慌忙跑去看美国牙医，但一听费用，吓得我那颗松动的牙齿差点自动跌出来。美国牙医说，拔牙一颗一百美元，补牙大约两千多美元。而国内拨颗牙不到十美元，补牙不过一百多美元，再痛我也要忍到回国再作打算。

几个月后返国求医，经朋友介绍，到惠阳一家私家口腔医院就诊。医生是一位俏娇娃，说话柔声细气，我心定了许多，心想这么娇滴滴的女子，手术时肯定下手温柔，痛苦少些。结果，错了，医生毕竟是医生，该出手时就出手，绝不手软。她把我哄上牙科手术椅后，便向我的烂牙坏齿发起清剿行动，她使尽全身招数拔、挖、钻、填、锉、锯，足足在我口腔里鼓捣了三个小时，从手术椅上下来，咬了满嘴药棉，抱怨和道谢都堵在口里。回到住处，一个小时后取出药棉，对着镜子一照，当场傻了眼，这哪是嘴呀，完完全全是个黑洞，整个嘴凹陷进去，仿佛一下子老了十岁。

此后，闭门谢客两个月，终于等到一副假牙。戴上之后果然容光焕发，我恢复老饕的本色，四出觅食，大饱口福。我又可以吃我食谱中天下第一美食：炸花生下酒，猪脚煮线面了！但是，假牙也带给我沮丧，每天晚上脱下假牙，泡在牙杯里，像翕动着说，你的墓木拱了，每每这个时候心情就不免黯淡起来。

呜呼哀哉，别了我的真牙！人总是在失去之后才懂得珍惜，懂得珍惜的时候却只剩下苍白的记忆。

柳州赏石

暮春的一天，我打算一早就从柳州驱车前往阳朔。晨起，细雨霏霏，雾笼山城。友人胡先生栉风沐雨赶来送行，他说，柳城阳朔一箭之遥，别着急，先看看柳州的石头再走不迟。我心里嘀咕，我是专程来看甲天下的山水，对石头这玩意儿兴趣稍缺。但见胡先生盛意拳拳，不便推辞，只好随他而去。怎料，这一去我竟也成了半个石迷。何以谓之半个呢？盖因我虽爱上石头，只可惜这趟行色匆匆，入宝山却尚未淘到宝！

柳州享有“中华石都”之美誉，此地山环水绕多奇石。柳州人赏石玩石鉴石藏石之习俗由来已久。唐代文豪柳宗元被贬到柳州当刺史，一日他游龙壁山，见龙壁山下石头温润如墨玉，纹理似彩云，大喜曰“秀石可砚”，叫人打了一方砚台送给挚友刘禹锡，刘禹锡爱不释手，赋诗赞曰：“清越敲寒玉，参差叠翠云。”时至今日，柳州市内有四家大型奇石馆，2000余户石商，数万石农，几乎家家户户供石养石，点缀庭院居室。苏东坡说“宁可食无肉，不可居无竹”，柳州人则说“有竹无石，竹也不足”。这里的淘石人来自各地，甚至远至台湾、香港以及东南亚的爱石人也纷至沓来，络绎于途。

胡先生领我走进近郊的一个奇石市场，放眼望去，道路两旁全是清一色的石头摊档，延绵1里许。纵然下着雨，露天市场上依旧人头攒动，淘石人无视风雨，目光炯炯，穿梭觅宝。胡先生说，这外边的摊档只属小打小闹，货色较次，要淘宝得往里走。我跟着他拐入一条岔路，眼前豁然开朗，但见店铺毗连，厂棚大如足球场，千奇百怪的石头琳琅满目，令人目不暇接，小至鹌鹑蛋，大若一堵墙，应有尽有。石头不同于别的商品，没得吆喝，石贩只是静静地站着，笑眯眯地拿带钩的眼睛盯着你。柳州人买石不讲“买”，而讲“请”，对石头充满敬意。淘石，讲个“缘”字，俗话说“金玉有价石无价”，一块石头，或从山崖岩洞或从溪边水湄捡来挖来，天然纯真去雕饰。你看了觉得好，它就是宝，不惜一掷千金拥有它；倘若看不上眼，无异一根草，一文不值。这天我看见不少西装革履，衣冠楚楚的淘石者，撑着伞蹲在雨里泥里，鉴石赏石，摩挲把玩，醉心于石，浑忘身边风雨。胡先生说，进得石市场，不管你是达官贵人还是大款名流，都要弯下腰低下头，才能淘到好石。

淘石有许多趣闻轶事，话说一位玩家在一家石店看中一块高约1米的玲珑三江石，向店主询价。店主说这是我的镇店之宝，不卖！玩家再三央求店主割爱。店主不胜其烦，说，你给个数吧。玩家比了一个食指交叉的手势，围观者明白这表示出价10万，有人发出啧啧声，疯狂，真的疯狂！然而店主斜睨一眼，转过头去泡茶。玩家加码道，15万！店主没有抬头，呷了一口茶。玩家咬咬牙喊道“20万，20万怎样？”店主站起来，转身拂袖而去！留给围观者一个逸世高人的背影……后来我在奇石馆还听到一则求石不遂的故事，这回玩家是一位韩国人，他看到一方名曰“水蛭”的馆藏品，不忍离去，这块百余厘米的“来宾石”，黑不溜秋，其貌不扬，像极蚂蟥。但那韩国人一见那块石头即惊叹连声，徘徊不肯离去。后来他鼓起勇气，游说馆方转让给他。他说，他一见这块石头，心情就顿然平静下来，心境澄澈如水，他甚至描绘了请得这方石后人石交融的情景，他说他将把这块神石供在私邸涵馆，每天早晨让鸟声把它叫醒，他会把揉碎的带露花瓣撒在它身上，再焚香抚琴与它互通心曲，让灵魂憩息在它的肌肤……他愿付3万美金求得此石。不过他的请求被馆方婉拒。这个韩国人堪称石痴，他简直把这方水蛭石视为恋人情侣了。

中国古代爱石成痴也大有人在，而且其痴迷的怪诞行径令人侧目。最著名的当推唐朝大书画家米芾，和宋代皇帝赵佶。米芾人称“米南宫”。因举止癫狂，人们又叫他“米颠”。他在正史的留名是：北宋书画家，与蔡襄、苏轼、黄庭坚合称“宋四家”。再特殊一点，画史上有“米家山”、“米氏云山”和“米派”之称，可是，所有这些合起来，在民间，都没有他

“拜石”的癫狂劲为人津津乐道。据宋人叶梦得《石林燕语·卷十》记载，米芾刚赴四川上任时，甫进官府衙门，瞥见院子里一奇石拔地崛立，喜出望外说，这石头足以受我敬拜！于是命令侍从取来官袍牙笏，穿戴齐整，向巨石鞠躬揖拜，并连呼“岳父大人”，留下千古轶话。相比之下，米芾是石癫，宋徽宗则是石狂矣。这位诗词书画光耀史册、创立瘦金体的文艺皇帝，酷爱山石，尤其对安徽灵璧石更是情有独钟，在当时灵璧石已被列为贡品。他为了营造皇家园林——寿山艮岳，不惜搜尽天下名花奇石，车拉船载运抵京城，这就是劳民伤财的“花石纲”，成为方腊揭竿而起的导因。后来他被金人掳去囚禁了九年，客死他乡。元人郝经赋诗叹曰：“中原自古多亡国，亡宋谁知是石头。”赵佶被冠以“玩物丧志，嗜石误国”恶名。其实宋王朝之覆亡有其复杂的历史根因，岂可栽罪于默默无言的石头？事实上，中国文化中一直存有崇石情结。曩昔民间常在路口厝边竖一块“泰山石敢当”的石碑，人们相信石头有神奇的力量可以辟邪挡灾。我曾在闽南渔村看见耕海播浪的渔民，把石头视为神明供奉在祠堂和船舱的神龛里，石头寄托了他们对平安的祈愿和对土地的眷恋。

出了石市场，我们来到立鱼峰下的八桂奇石馆，在这里我彻底被石头征服了！此馆收藏了一千余件奇石，件件都是大自然鬼斧神工的杰作。我踩蹬于展厅，放轻脚步，生怕唤醒石狮石虎惊飞孤鹜鸿雁；俯首观石，仿佛听见风声雨声窥见鸟鸣花放……我想，大自然这位艺术大师是特别厚爱石头了，它把自己馈赠于人类的作品留在了石上。是否它担心倘若留在树木上树会凋零腐朽？倘若留在溪流上水会涸竭流逝？唯有石才堪膺此大任屹立恒久？我们在奇石馆感受到柳州号称“石都”，并非浪得虚名。柳江流域的奇石品类繁多，形色万千，可分为卵石、墨石、类太湖石、风化石、千层石、彩霞石、钟乳石、化石和稀有石种九大类，逾五十多种，许多奇石深埋于30～40米的溪流河底，采集十分不易。柳州石色泽极为丰富，红如火，青如竹，黑如墨，白如雪，黄如穗，缤纷绚丽，争妍斗艳，而且光洁可鉴，使中外爱石人趋之若鹜。在众多石种中，尤以碧绿如翠的马鞍石、变化多端的来宾石、细腻典雅的三江石最为矜贵。中国的石文化颇为精深，品石讲求“瘦、漏、透、皱”和“质、色、形、纹”，不仅如此，倘若评上石中极品者，还要看其内涵，看它是否能给你的内心带来某种感悟和启示，能否引起你超然物外的冥想与遐思。

古训道“玩物丧志”，如今这种观念宜予修正。所谓“玩物”，应指业余爱好与兴趣，它不但不会丧志，反而能陶冶性情，有益身心。而且石头很有灵性，有言道：山缘石而奇，水缘石而清，室缘石而雅，人缘石而定。定者，入定、禅定也，令人身心凝然坦荡。当然，凡事都有个度，不可过度而沉溺其中。

柳州刺史柳宗元爱石可谓有度，他喜获秀石后即刻砚赠友，旨趣高雅，堪称“石迷”。那位重金求购的淘石者和视石为情侣的韩国人可谓“石痴”。而那个揖拜石头并把石头当作丈人的米芾应是“石癫”。最为人诟病的是宋徽宗，他爱石的做法真是大大超过了，被史家抨为“嗜石误国”，他应被叫“石狂”了。故爱石有四种境界：迷、痴、癫、狂是也。而石迷石痴石癫石狂之“尊号”也只有爱石人才能独享，其他“玩物”，未曾闻也，足见石头之魅力了！

参观完奇石馆，因阳朔的朋友在等我们，只好惜别柳州。临行，与胡先生约定，下趟再来只为“请石”。

批风抹月访烟霞

人到中年，就愈发感到岁月催人。正如元代马致远慨叹："眼前红日又西斜，疾似下坡车。"于是，我便打算换种活法，不再营营役役为口奔驰，决计给生命一点宽余，给来日一点从容，去做自己想做的事。或问，所想何事？古人叶颙云："只骑黄犊访烟霞。"妙哉斯言，深得我心。徜徉山水，揽览烟霞，确为人生一大乐事。

曩昔每有外游，我总是逢庙必拜。其实并非有什么急事要求神问卜，只因特喜欢那寺庙的氛围。你看，山水佳妙处常见庙宇巍然，飞檐雕甍，古柏森森，佛堂前飘绕着袅袅青烟，寺内寺外恍如两个世界。面对"香风不动松花老"、"白云满地无人扫"的烟霞，我便用心语与山川对话，仿佛可以听到众神来自远古幽远的声音……

近几年我拜谒过许多寺庙。从雪域高原的喇嘛庙到东海之滨的蓬莱仙阁，从塞外的佛龛石窟到南国的古刹禅林，都留下我匆匆的身影。我感受到，神的国度一片嘈杂喧闹。禅师说，

“枯木里龙吟”、“骷髅里眼睛”。是的，在看似枯槁寂灭的天地里，仍有龙的吟啸潜藏勃勃生机；在荒冢幽谷的白骨里，犹有穿透生死迷雾的眼睛依然灿若星辰。但是，我总囿于世俗的樊笼。我冀望山川的灵气滋润我的心灵、禅的醍醐荡涤我的胸臆。我乐做“烟霞状元，江湖醉仙”读山阅水，批风抹月！

那年深秋，我来到五台山。五台山对我的吸引不仅因为其位居中国佛教四大名山之首，还在于是“中国温莎公爵”出家之地。据传清世祖福临皇帝因爱妃董小宛悒郁而死，他伤痛逾恒，和温莎公爵一样“不爱江山爱美人”，竟跑到五台山落发为僧。我以为这个中国皇帝比温莎公爵更勇敢更多情。据一项考证，曹雪芹或许是根据这位情痴皇帝与爱妃的生死恋，写出了煌煌巨著《红楼梦》。

我立在深秋，立在五台山的灵鹫峰。放眼望，五百里“华北屋脊”驮着苍茫，驮着圣穆，驮着秋的萧飒奔拥眼底。炎夏时，这里是清凉世界。而眼下，却是冷雨斜飞，芦花摇雪，秋意浩荡。真个是：敷衍清凉，四时瑞雪常飘，幻出银妆世界。步出“灵峰胜境”牌楼，回首瞥见菩萨顶寺庙皆覆琉璃黄瓦，熠熠生辉，一派皇家气概，凸显佛国之尊。有道是：恢宏极乐，六月莲花始放，翻成金色乾坤。风撩起我的衣袂飞扬如蝶。庙如舟，梵音似浪，我如芥，从这山浮到那山……

中国佛教四大名山，我曾履及五台山、峨眉山和普陀山。

峨眉山清幽绝伦，像一首被雨水打湿的唐诗，氤氲濡腻，空灵缥缈。踏着古色苍然的石阶拾级而上，心想着，自己的脚印也许正与李白的履痕重叠，思古之幽情油然而生，不禁怦然心动。

我在“海天佛国”普陀山看到的景物是一种新奇的体验。那是一个暮春三月的午后，我看到岛上的生物仿佛都沾了灵气：蝴蝶是会飞的花，小鸟是会唱歌的叶子，而海浪是永不凝固的白雪。法雨、普济、紫竹林掩映在绿荫中，我一一进香膜拜。佛堂圆柱高悬着楹联：“钟磬震醒名利客，梵音唤回迷路人。”但是我一路上被“宰”，忍受商贩的冷言恶色，不免感叹人心已然不古，佛力不敌钱魔，心想菩萨既未能感化祂身边的人，又岂能震醒和唤回他乡之客？

穹盖无语，默然矗立。

相较于西方教派你死我活、不共戴天的冲突，中国各大教派神仙菩萨却甚为包容。福建武夷山就标榜：“千年儒释道，万古山水茶。”此地佛庙道观共处一山，虽老死不相往来，却也井水不犯河水。黔东南镇远的中河山更有趣，儒释道三教共同相中这“圆壶方峤”之地，各设圣坛，毗邻而居。你从这个洞门进去，瞥见斜倚着的弥勒佛，挺着肚皮，一副嬉皮笑脸、心宽体胖的样子，折入隔壁，却见瘦骨嶙峋的张天师，他道貌岸然、满腹心事，好像在为逃脱了一只小鬼而闷闷不乐。

道教祖庭天师府，坐落在江西龙虎山。此地真可谓“禾杆冚珍珠”，风景绝佳，名气却不响。令我感到意外的是梁山

108将竟也发轫于此。《水浒传》开篇第一回“张天师祈禳瘟疫，洪太尉误走妖魔”，说的是洪太尉揭开镇妖井的天师符，结果从井底冲出一股黑烟朝东北方向飘去，落在山东境内的水泊梁山的故事。这里的上清宫遗址内尚存伏魔殿和镇妖井，井边石碑敕书一偈：遇洪而开。故事里说某日来了个稀里糊涂的洪太尉，他把碑上的“洪”字认定是他姓中的“洪”，叫他开封，于是他揭符纵妖，引出一段英雄史，绿林好汉打家劫舍纵横天下。但更令人啼笑皆非的是，当地官员继承洪太尉“衣钵”，因嫌镇妖井破损残旧、不够美观，便下令用水泥抹平古井，将井口修葺一新、光滑可鉴。颟顸的官员何曾想到，瓦刀轻轻一抹，便把《水浒》开篇抹去，使得梁山英雄出生地荡然无存，倘若施耐庵泉下有知，想必也会掷笔三叹！

不知是否六祖神通广大或是他命大福大，历经八百多年岁月风霜和“文革”劫难，六祖真身居然保留至今，纤毫无损。

那年蝉鸣荔红时节，我赴韶关曹溪南华寺晋谒六祖。赶抵时，天色已暮，寺门将闭。我央知客僧通传，获住持本焕禅师应允，开启大雄宝殿后面一间供奉六祖真身的佛堂让我参拜。我见六祖慧能坐于一个有机玻璃的柜内，身长若五六岁稚童，面色紫檀如涂油敷蜡。你可以清晰地臆测到他的皮肤仍富有弹性。他像是在那里闭目入定，小憩片刻，好像随时都会睁开眼睛，突然向我喝问：“嗐！你是哪里来的尘埃，竟想惹我?”正想着，“哇!”的一声，把我从遐想中拉回现实。抬眼看，一只老鸹从堂前一株古柏上射向苍茫的云天。我不禁为自己的遐想莞尔失笑。

六祖是佛教传位制度的终结者，佛教典籍记载，为了避免夺位的纷争，六祖烧掉了代表权位的袈裟，令佛教祖师封号到他戛然而止。

事实上，中国的宗教没有定于一尊，可谓群神无首。中国老百姓信的神很杂，除了正统上的众多神祇外，还不断地造神，忠臣义士烈女可以为神，甚至乡绅善长奇人也可以成神。当清官的包公固然可以成神，拒不当官的严子陵和被罢黜的海瑞也都一样可以携手共登神坛。这种信仰方式迥异于西方，西方的基督教、犹太教和伊斯兰教都只敬拜独一的真神，捧诵独一的真经。信众把全部的虔诚都敬输给他们的真主，把全部的荣耀都归功于先知。正因如此中国的宗教文化就显得更加包容、多元，也更加丰赡。

况且，中国老百姓奉祀的神不一定是人，也可能是物或某种图腾。我在闽南渔村看见一座古庙，神龛里供奉的是一块系着红绸的石头，这是耕海播浪的渔民对土地的崇拜和依恋。香港新界有一棵老榕树被视为树神，善男信女把写满心愿的宝牒抛到树上，这棵许愿树闻名遐迩。我也曾被滇川藏边界的梅里雪山感动得泪流满面，这是藏民心目中的圣山，13 座白皑皑的峰峦横空出世，傲立苍穹，藏民们相信那是雪山之神卡瓦格博和他的弟兄，骑着骏马巡逻天地间，守护着雪域的子民。我看到山麓下，有藏民信徒绕着广袤千里的圣山五体投地匍匐跪拜。他们日复一日，年复一年向前爬行，磨烂了皮袄、磨穿了岁月、磨净了灵魂……

啊，真是一沙一菩提，一花一世界。神的世界是人的世界的投射，在那里一样扰扰攘攘，众神喧哗。我从喧哗中听到磅礴的历史文化回响，而回响的震荡，让我获得人生的感悟和心灵的静谧！

谁敲月下门

小时候，我曾读到贾岛的诗句“僧敲月下门”，印象殊深。句中的“敲”字，原作“推”，贾岛月下徘徊低吟，反复斟酌，摹拟比划，最后改定“敲”字。这便是“推敲”一词典故的由来。

一个“敲”字，把山村的荒凉僻静，月夜的岑寂清幽，烘托得淋漓尽致。过去，我有一个观念，总以为倘要领略贾岛诗句的意境，真正感受闲适宁谧的生活，就要到中国山水中去寻觅，到中国边远的山村去避世隐居。我想，像美国这样发达的西方国家，恐怕很难找到如贾岛笔下的“静”土了吧。

但是，到美国之后，一个月夜的“敲门”声，敲碎了我的固有观念。

那天晚上，皓月当空。妻子已经入睡，我仍挑灯夜读。忽闻“喀笃喀笃”的敲门声，我猝然惊怵，心想，这么晚了，谁会夜半敲门呢？我披衣而起，循声下楼。“喀笃喀笃”，那清脆的敲门声，不轻不重，不徐不疾，传自门外。我蹑手蹑脚走到门前，轻启门扉，但见门外月光如水，玉宇澄碧。月光下，我定睛看得真切，一只灰毛松鼠在门口的栈桥上，正抱着一枚松果在玩耍。但因它的前肢细小，松果太大，松鼠抱不住，“喀笃”一声掉在桥板上。掉下了，它又去抱，抱不住，又掉下了。如此反反复复，它却乐此不疲，抱起落下，“喀笃喀笃”，声似敲门，扰人清梦。

我蓦然觉得，眼前直起身子抱着松果蹒跚行走的松鼠，仿佛是个托钵化缘的僧人。想起贾岛的“僧敲月下门”，不禁莞尔。

我住在湾区库柏蒂诺，这是一座兴旺的城市，居然发生松鼠夜半“敲门”的山情野趣，真是不可思议。但在美国生活一段日子后，我逐渐领悟，美国的家居文化与我们亚洲多数地区大异其趣。我发觉东方“天人合一”的哲学，被美国人活学活用了。

美国人重视人与自然的和谐，他们把生活区和商业区截然切割开来。美国的中小城市，几乎没有传统观念的街道，没有所谓店铺连着店铺的十里长街，或者十里洋场。这里只有“街块”，或者“街楼”。各式商店往往集中在一块地方，或者干脆集中在一幢大楼里，亦即称作“摩”（mall）的巨型购物商场内。这样生活区就完全摈除了商业的喧嚣和污染，而在闹市构筑起宁静整洁的世外桃源。这或者还与美国是“装在汽车上的国家”有关，他们不必把店铺开在住家楼下。以前我住在香港，几乎所有楼房底层都是商店，我曾向人炫耀：即使开着煤气，跑到楼下买油还来得及下锅。看来，这种曾经引以为傲的观念，必须彻底改弦更张了。

在美国开车，时常会看见路旁竖着画有动物的指示牌，提醒驾车人士减速慢行，以免撞伤或惊吓动物。时常可以看见麋鹿、山鸡，甚至美洲豹之类大摇大摆地横过马路。有时还真可遇见“野鹿眠山草，山猿戏野花”的情景，令人赏心悦目，心旷神怡。

我在库柏蒂诺住久了，与那只灰毛松鼠成了好朋友。白天，我常看见它在窗外的松树和枫树间荡秋千，跳上蹿下，嗖嗖声响在半空，乌晶晶的眼珠子从树干上游下。它有一条毛茸茸的尾巴，有时骄傲地竖在背后，像一支旗杆，有时又收起来垫在屁股下面。它支立起身躯，一对细爪缩在胸前，那模样实在搞笑。有时夜里它还来“敲门”，“喀笃喀笃”，不知在玩什么落花野果。我把那声响当作朋友的问候，听着听着，慵慵然进入梦乡……

红到窗前

当枫叶红到窗前的时候，我意识到一年将尽了。我在2006年初偕内子来美探亲，寄寓在湾区库柏蒂诺市。不料因庶务羁绊，一晃一年倏忽过去，我仍滞留未归。

从住处二楼窗口望出去，可以瞥见屋苑的草坪上用光管绕制的圣诞装饰雪人和鹿车已熄了灯，只剩下空荡荡的框架还支棱在那儿。岁暮凋景，客寓清寂，一番感喟袭上心头：一年将尽夜，万里未归人。

这次归期延宕，竟意外地令我在异国跨越人生的一个重要阶段，即从知天命的壮年踏入花甲翁的门槛，对我个人来说，甚具纪念意义。然而此时此地，没有美酒佳肴，没有贺客祝礼，连一张贺卡也没有。我独自徘徊窗前，唯见窗外枫叶萧萧，纷飞如蝶，不禁徒生流光如矢、人生如寄的嗟叹。

蓦然想起南宋词人蒋捷的一首《虞美人》：“少年听雨歌楼上，红烛昏罗帐。壮年听雨客舟中，江阔云低，断雁叫西风。而今听雨僧庐下，鬓已星星也。悲欢离合总无情，一任阶前点滴到天明。”少年的放荡，壮年的颠簸，晚景的孤寂，这大抵是世俗人生的写照，我自不能脱俗，只是鬓已星星的我，虽不是在僧庐下听雨，却是在寓所中看枫，一样凄清，一样落寞。

平日里，我常坐在临窗的书桌旁，或漫步书林，或遨游网海。窗外的红枫，与我朝夕相伴。相对日久，我对枫叶有了一番新的感悟。往昔我把枫叶视为悲剧的角色，总把它与秋的悲凉、西风的肃杀联系在一块。你看，入秋后，犀利的秋凉小刀就不断剡割枫叶，直割得它遍体鳞伤，那一树红彤彤的颜色，不正是它血染的风采吗？

但是，一日清晨，我推窗外望，看到的情景，豁然令我改变了过往的观念。我看见鸟声吵落枫叶，在水波般漾动的晨曦中蹁跹。枫叶在辞别枝丫时没有一丝悲凄，没有半点犹豫。它们选在生命最璀璨之际欣然谢幕，穿上绚丽的彩衣霓裳，跳起最后的圆舞，舞姿是那么从容、那么轻盈曼妙。绛红的、褐黄的、赤紫的落叶，星星点点，缀满绿茵茵的草坪，编织出一幅斑斓炫目的地毡，装点秋的丰姿。

我凝视着落叶，幡然憬悟：世间无久留之物，年华无长驻之理，不必伤春悲秋，也不必怨怼夕阳，应该珍惜活在当下的每一天。现代作家朱自清曾反李商隐之意，写过这样的警句：“但得夕阳无限好，何须惆怅怨黄昏。”

我拾起一枚绛红色的枫叶，将它嵌入我的相框，衬在我一帧鬓已星星的照片旁，白发红叶，相映成趣。啊，这枚红叶，是上天给我的一份沉甸甸的馈赠！

南昆山赋

水清鱼读月，山静鸟谈天。

这是粤东南昆山，烙在我记忆里的印象。

那年夏天，我在南昆山栖留十余日。坐看流云翠峦冷月，卧听山泉落花鸟鸣。度过了可谓我生平最为宁静的时光。以至下榻处的颐园山庄主人向我索字时，我便不假思索泚笔写下“山水信有缘，终老卜南昆”的题词。

南昆山素有“动植物博览馆”之美誉。北回归线穿越此山。这里一山有四季，十里不同天。山下火伞高张，暑气蒸人，山上却凉透须眉，夜间要拥衾而眠。美国文豪马克·吐温有一句名言：“加州最冷的冬天，是洛杉矶的夏天”。盖因洛杉矶夏日清凉，金门桥一带海风凛冽，故吐温先生才有此说。今套用这句话，或可这样说：广东的冬天，是南昆山的夏天！

南昆山早已是广东闻名遐迩的避暑胜地。我曾履叩南粤名山丹霞山、西樵山、罗浮山，但最令我流连忘返的是南昆山。

南昆山晨夕阴晴，景色变化多端。晨起，推开门扉，白绵绵的云雾，便像不速之客闯了进来，漫过你的足踝，环绕在你的身旁，真个是“白云满地无人扫”。其实是扫不动也驱不散呢！

我住在山上那些日子，夜晚月色都很皎好。山高月小，谷深水冷。月光下，潺潺流过颐园的山涧，宛如一匹缥缈的轻纱。涧中小鱼尾尾可数，唼喋清漪，戏逐月色，若悬浮于空气之中，泼喇的鱼跃，撞破水底月，镜中天。

山中何事？松花酿酒，泉水煎茶。颐园菜肴，清淡可口。每餐我总小酌一盅半盏自酿的家酒，佐以蕨菜野菌，瓜果时蔬。饭后，一瓯香茗，看窗外，竹影摇曳，落英飞红，茶烟轻扬落花风，“静”透心肺。

静极思动。有时我绕到颐园后山，沿着崎岖山路向上攀登，走入茂林修竹，白云深处。满目苍翠欲滴，鸟声盈耳。南昆山的鸟特别饶舌，叽喳不休。它们是在议论我吗？是在笑我步履蹒跚，手足并用的狼狈相吗？抑或是在提醒我留神脚下林深路隘苔滑？在鸟声引导下，我走进一个绿色世界。林间，飘绕着似雾非雾的岚光冷翠，染绿了我微霜的双鬓，浸润了我疲惫的心灵。

听闻南昆山有大小瀑布三十多处，且一处奇过一处，飞漱奔泻，跳珠溅玉。还有一个大岩洞，洞里聚集着成千上万的蝙蝠，振翅翻飞，遮天蔽日，堪称奇观。但是，我没去寻访。颐园的“静”，已令我陶然若醉，不舍离去矣。在这里，我可以把人世间的懊恼全部抛诸脑后，什么都不想，让韶光凝固成岩壁，世俗的烦忧化作冷泉，一滴一滴沿着岩壁涔下，心境净涤无垢。

原本上山只打算住一宿，不料一住逾旬。下山后，朋友问我何故失踪多日，我当即吟诵了李白的一首诗以应，诗曰："问余何事栖碧山，笑而不答心自闲。桃花流水杳然去，别有天地非人间。"

多年后我从旅居地美国硅谷返国，重登南昆山，意外发现山门的石额上镌刻的"南昆山"三字蓝本，竟出自在下当年手书，自是欣喜！南昆山如一块冷玉秀甲南粤。

回眸凤凰

去湘西凤凰，半是为了古镇，半是为了名人。古镇已经在时光隧道默默地走了千年，近年却突然走出深闺，吸引万千游人趋之若鹜。何故？乃拜古镇的两大名人沈从文和黄永玉之赐，是他们让凤凰惊艳天下！

沈黄二氏，份属表叔侄，苗族和土家族后裔。20 世纪初，这两个土里土气的凤凰人，从山沟沟跌跌撞撞地跑出来，竟闯入中国文化殿堂，一个成了文学巨匠，另一个成了国画大师，引领一代风骚。若论学历，他们分别仅读完高小和初中。他们恣意汪洋的才情可谓天赋，得之于凤凰山川的氤氲，沾沐于故乡水土的滋养。光凭这一点，凤凰就令人歆羡不已，心驰神往了。

走进凤凰，你耳濡目染、触觉所及，尽是沈黄二氏的趣闻逸事，履痕萍踪。他们儿时嬉水的沱江，逃学的梦园，笔下人物翠翠的酒家，故居，藏书楼，画室，玉氏山房……到处都弥漫着他们的气息。仿佛他们是为这城而生. 而这城是为他们而存，人城合一，和谐自然。

我和友人雇了一叶扁舟，荡桨沱江。轻舟驶过凌波插水的吊脚楼底，剪碎一江泼墨山水画图，漂流而下，泊于听涛山，舍舟登岸，去拜谒沈从文墓地。上得山来，方知沈墓并无坟冢，唯有一块天然五彩巨石，矗立在林间泉下的草坪。石上镌刻着临摹沈氏手迹的铭文：照我思索，可理解我；照我思索，可理解人。石下摆放着许多新摘的野花和竹编的蝴蝶，均系谒墓者留下。阳光透过树隙洒在墓地，星星点点，柔和而静谧。从左斜坡下来，瞥见黄永玉题刻的石碑："一个士兵不是战死沙场，便是回到故乡。"（出自沈氏著述）我在碑前驻足良久，吟诵再三。

后来，我在温哥华见到湘籍名作家古华，聊及黄氏的碑文，不料古华听罢笑曰："这是一句废话。"他说，"一个人不是死在外边，当然就死在家乡。"古华此说，不无道理。但我仍喜欢那句碑文，有些悲壮，有些感伤，咀嚼起来，别有韵味！

沈氏墓园似无实有，黄氏碑文似是而非，艺术玩的就是心跳，玩的就是朦胧，这似乎印证了"既为大师则思维方式和表达方式必与众不同"的说法。

出听涛山，走不多远便进入老街。踏着光洁可鉴的青石板，信步前行，蝶躞于古镇虹桥。见桥畔山峦叠翠，峰顶擎起一阁如冠冕，乃黄氏画室也，名曰：夺翠楼。楼侧有一尼姑庵，庵名准提，其庙堂小如斗室，但古朴玲珑，香火鼎盛。入庙，我求得一签，老尼说是支好签，上上大吉，甚喜！也许这是凤凰对我的祝福。

薄暮时分，走出古镇，伫立路口，回眸凤凰，我也托风寄语，向这难忘的、美丽而迷人的古镇，送上我深深的祝福。

山川牧歌（散文诗）

（一）

五台远眺

我立在深秋，立在五台山的灵鹫峰。

放眼望，五百里华北屋脊，驮着苍茫，驮着圣穆，驮着秋的萧飒，奔拥眼底！

炎夏时，这里是清凉世界。而眼下，却是冷雨斜飞，芦花摇雪，秋意浩荡。真个是：敷衍清凉，四时瑞雪常飘，幻出银妆世界。

步出“灵峰胜境”牌楼，回首瞥见菩萨顶寺庙“皆覆琉璃黄瓦”。秋雨又为它髹上一层釉彩，更是熠熠生辉，一派皇家气概，凸显五台佛国之尊。有道是：恢宏极乐，六月莲花始放，翻成金色乾坤。

下瞰山麓，但见一座巍峨的大白塔，矗立在苍穹下，那便是五台地标。塔身四周，遍挂风铃，每遇风来，铃声悠扬，和着寺院的钟磬声、木鱼声、诵经声，汇成佛国天籁……五台山浮起来了，浮在圣穆的海！

我伫立山顶，风撩起衣袂，飞扬如蝶。庙如舟，梵音似浪，我如芥，从这山浮到那山……

（二）

晋祠秋意

山海经曰：“悬瓮之山，晋水出焉”。

晋祠的难老泉喷涌不息，喷出一个歆钦盛哉的晋国，喷出华夏半壁文明。

泉之西，有一鱼沼飞梁，十字形通道舒展如翼，宛如一只玉蜻蜓，翔于晋水的碧波清漪。

桥之侧，是齐年古柏，恰似一对情侣，相恋千年仍旧依偎搀扶，翠盖相交，羡煞旁人。

循流水香径，穿幽篁绿烟，走进一座林子。

忽见一片秋叶，飘落发顶，伸手一抹，呵，秋竟握在我的手心！这是一片褐色的桐叶，它是从周成王手植的那株树上掉下来的吗？因为它，才有了“桐叶封唐”，才有了叔虞侯，才有了晋祠……

我把桐叶小心翼翼地夹进日记本，收藏起晋祠的秋色。

（三）

废园月色

走近乔家大院的时候，晋中大地已沉入苍茫的暮色。

张艺谋的大红灯笼，还高高挂在那儿，成为一道风景。

游人如过江之鲫，在曲曲仄仄的甬道里游走，寻寻觅觅，是想拾到三两声乔家妻妾的私语、笑声和叹息？

但往昔的繁华，已碎成片片月光，散落一地。月光又洇成了绿苔，恣意漫泛。

绿苔的齿啃着废园的石阶，一路啃去，啃上了灰色的院墙，在墙上织出斑驳的图案，像一部晋商沧桑史。

我抬头看看月亮，她在笑。我来看大宅院，月亮看我。我再看她，她却扯了一片云纱遮住面孔。

豪宅已变游园，不变的是月色。

（四）

古色遗韵

“舞水无双福地，黔山第一洞天”。

走进镇远的时候，着实令我吓了一跳。

我仿佛被吸入时光隧道，迷失在明清年代的古色遗韵。

S形的舞阳河，蜿蜒穿城而过。这城就有了别名，叫做“太极镇”。是否因为阴阳协调，天地福荫，才让古镇赓续了2200年？

镇东的祝圣桥，长虹卧波，凌跨河面。半月形的桥洞，在水面画了一道美丽的弧线，还有一半倒映水中。

欸乃一声，一叶扁舟漂荡而来，慢悠悠从桥洞的月影里吐出，驶过临水人家的后花窗，驶过河面一卷泼墨山水，牵曳着古镇长长的恬静与淡泊……

对岸，一山“海上飞来”，矗立成古镇华丽的屏风。青龙洞的飞檐翘角、亭台殿宇，恰似一组浮雕，嵌在中河山峭壁上。儒释道三教，共同相中这块“方壶园峤”的仙境，各设圣坛，紫烟香雾，飘绕千年。

古老的水陆码头，厚实的古城墙体，和那爬满皱纹、宠辱不惊的老人面孔，絮絮地诉说着古镇的似水年华。

穿过花影迷径的古巷，择一间临河酒家，推窗外望，但见波光潋滟欲上楼。于是呼来店家“小二”，松清烹茶，石鼎煎香，飞觞邀月，在这夜色溟濛的异乡，静静地品味古镇，咀嚼人生……

（五）

巴拉河

巴拉河，我望上你一眼，就再也难以忘怀。

你这梦里水乡，在云贵高原的一座山头上流淌着，那么文静，那么多情！

我们的小车在回肠百转的公路上盘旋，你总是忽左忽右，忽隐忽现，恋恋相随。

从车窗向你投去一瞥，见你的怀里兜着彩色的鹅卵石，兜着天上的云，岸边的花和树，浅浅的沙渚上，有薄雾在你身边徘徊，有水鸟在安详漫步……

巴拉河，我没来时，你也这样流着，这样美丽着么？你美给谁看？美给云看？美给树看？美给花和鸟看？你不感到寂寞吗，在这人迹罕至的山头？

哗哗的水声回答了我，它在诉说你的欢乐！

我冲动地想下车，把一丝鱼钩抛给你，钓几许清风明月，也钓你的闲适和怡然自得。

（六）

醉入苗寨

进寨的路，是一支山歌，从山脚飘起，沿着层层叠叠的吊脚楼，音阶步步升高，最后飘入白云深处。

那斜斜的青石板，宛如芦笙的排管，一块挨着一块，铺就一条小路，迤迤逦逦，通往寨门。

轻轻地、轻轻地踏足而上，耳边似有鸟声江声腾起，眉间便有山翠叠叠落下。

山路上早就摆下拦门酒，头簪山花的苗家女列队路旁，手捧弯弯的牛角杯，嘴唱娓娓的敬酒歌，将甘醇的农家米酒递到你唇边。

一道又一道，一杯又一杯，未到寨门人已醉，人面桃花两难分。

“无花不酌酒，有月方登楼”，借着朦胧的醉意，登上吊脚楼。此时无月，却有岚光冷翠似月色，从柴扉竹窗排闼而来，汩汩地从我心田流过，浸润了我枯竭的心灵。

郎德上寨，你美得让我目瞪口呆！

（七）

心灵憩园

你原来躲在这里，我寻觅的伊甸园。

我们是因为迷了路，才闯入你的怀抱。杂沓的脚步，扰乱了你的清梦。你不会责怪我们吧，我的雷公山？

落英如雨，飞花似蝶。雷公山，我看到了你的微笑，承领了你的盛情。我们踏着花瓣铺成的小径，穿过你用青藤搭成的彩门，循着你请淙淙泉水做导的路向，去聆听你的心跳，去感受你的呼吸！

林深苔滑，阒无人烟。你问我会否太过幽静？是否感到寂寞？不会，不会！我听到花蕊撑开苞房的声响，我听到排浪般的林涛，听到竹叶筛下阳光，发出金属碰撞的音籁，听到瀑布跃下悬崖的雷鸣，还有那啁啾的鸟唱，而且，而且那鸟声竟是香的，正是“风来花底鸟声香”！

雷公山，我们泅泳在你绿色的海洋，天翠地翠山翠水翠，行走其间，我微霜的双鬓仿佛也被染翠，心境澄碧如水，清澈透亮！

暮色渐生，褰衣疾走，一位女伴忽觉冷雨飘来，惊呼：“下雨了！”抬眼望，夕阳的余晖闪在树梢，何来有雨？不禁笑吟：“山路原无雨，空翠湿人衣！”

啊！雷公山，你是疲惫心灵憩息的家园。

诗酒忆挚友

我在第二故乡、闽西北山城三明，有两位挚友，一位是诗人范方，人称“阿方”；另一位是民间艺术家宋经文，人称“宋哥”。阿方已驾鹤西去，唯余缅怀追忆。宋哥还乐呵呵地过日子，每有返乡他总赶来相会。

我认识阿方是在“文革”末期，一个偶然的机会，忘了是谁引荐的，我们到他工作的沙县文化馆门口等他。他来了，给我第一个印象是他单薄得像一张纸片儿，脸上皱纹很多、很深，像刀刻一般。我们到老东门的一家扁食店，找了个旮旯头坐定，阿方就兴奋地从一个旧布包里掏出几本手抄本，是用方格稿纸一笔一画、工工整整抄写的，厚厚一叠，每本都有几百页。

阿方兴奋得脸上泛光，笑着，满脸的皱纹像菊花般绽放。他用手轻轻摩挲着手抄本的封面，像抚摸着婴儿。是的，那是他的婴儿，用生命诞下的婴儿。我小心翼翼地从他手上接过一本翻阅，我看到了一大串陌生的诗人的名字：痖弦、洛夫、余光中、郑愁予、商禽……“这些都是台湾的诗人，”阿方说，“写得真好，了不起！”后来我们常在一起谈诗说艺，度过许多不眠的夜晚。后来我移居香港，但每次返乡，都会邀阿方和宋哥把盏小酌。喝着家乡土黄酒，佐以几碟小菜，我们与过去一样谈诗说艺。阿方比较木讷寡言，多是静静地听着，做收音机。我则口无遮拦，常常说得眉飞色舞，唾星四溅。宋哥则自斟自酌，一杯接着一杯猛灌黄汤。

阿方显然为自己拥有这样的手抄本而自豪，但他这样说、这样做在当时是很危险的，如果有人告发，轻则会被批斗甚至革职，重则可能劳改坐牢。但他不顾这些，他真是一个爱诗如命、把命交给诗的人。但是做梦也想不到，当年阿方冒险抄录其诗作的台湾诗人，若干年后我竟见到其中多位，我曾在香港会所宴请过洛夫和管管，余光中则是在香港作家为他返台任教饯行会上有一面之缘，而郑愁予夫妇我曾在广东惠阳与他们鸥波一聚，郑教授还即席挥毫写下《母亲的水塘》小诗一首相赠。

范方虽身处偏远闭塞的闽西北山城，但他以非凡的胆量和对诗歌的热忱，在现代诗尚处荆棘丛中，举起了一面大纛，吹响了进军的号角，1979 年他在沙县创办了诗刊《绿叶》，聚集了现代诗的弄潮儿蔡其矫、刘登翰、舒婷、王性初、周俊祥等，以及一群新锐诗人。1981 年中华大地涌动改革开放的春潮，范方犹如春笋破土而出，编辑出版全国青年诗选《青春协奏曲》，被评为“大陆第一册现代派诗集”。作为中国现代诗的探索者，他的脚步从未停歇过。1993 年，范方因患小脑萎缩等症导致语言和行动障碍，但病中十年，在与病魔抗争中仍写诗不辍，遗下大量未曾发表的诗稿。值得庆幸的是，在他的感召下，三明诗群已卓然崛起于中国现代诗坛，闻名遐迩。

那年我从香港返乡曾登门探访他，我被破例允许进入他家中。他已不能言语，见到我嘴唇颤抖着、腿颤抖着，两行眼泪挂在脸颊上。我竭力忍住滚动在眼眶里的泪水，不让它流出来。阿方示意他的夫人拿来纸笔，艰难地在纸上歪歪斜斜地写下“巴桐谢谢”四个字。呵，呵，他还认得我！我的心不禁战栗了。他写的这几个字所有笔画都是断开的，像一把散落的铁钉，尖利地刺进我的心里。我们不能久留，告辞出来，下了楼梯，我的泪水禁不住夺眶而出。

我与张诗剑曾在香港《镜报》发表一篇题为《中国现代诗的探索者》，全面评论和介绍了范方。我写过一首题为《那人》的诗，写出了我心中的范方印象，这首诗被范方选作他的诗集《还魂草》的代序。诗中写道——

那人

不与树争夺空间的、瘦得

可怜的那人，当风暴选定他为目标的时候

他只坚持自己为一竿修长的竹子
甚至脑门激起的浪花，也梳成
有限的一束
而不知道他胸中何能容纳这么多
世纪心事以及那些无处归宿的星子
以及没人收藏的脚印
而把空心菜去营养整个天空的蓝的那人
烟酒是戒不掉的，总以醉眼去诠释清醒
以苦涩去反照芬芳，甚至
在每个方格里种一块岩石，又把岩石
嚼成火，嚼成阳光，甚至以火以阳光
去涂抹江河的走姿、百花的眼神

至于人称宋哥的宋经文，他是我的发小。老宋确实有点像他的本家水泊梁山的好汉宋江，为人急公好义。我们两家人都是三明早期的移民。20 世纪 40 年代我们的父母已迁徙到这个闽西北的山城。他来自杭州，我来自福州，但我们早已视自己为“安达的”（土话“本地人”）。

称得上发小，你就可想而知我们关系有多铁。凡是发生在发小身上、发小会干的事我们几乎一样也不拉下，比如恶作剧整蛊老师，比如偷瓜窃桃，比如打架斗殴，比如捉弄女同学、翘课逃学……

令我记忆深刻的，是发生在“文革”中的一件事。当年，老宋还叫小宋，混了个文工队副大队长，居然也被列为走资派，天天被揪斗，斗得死去活来，而后把他单独囚禁在工人文化宫的一间阁楼里，楼层低矮狭窄，光线幽暗、灰尘满布、虫鼠横行。他关了一段时间，陷入绝望，于是他想一死了之。这天，他拧下灯泡，横一横心，闭上眼，将大拇指插入灯座，“啪！”火光一闪，灯全暗了，一阵震麻，整个人弹起跌出丈外。指甲烧焦，锥心刺痛，指头肿得像胡萝卜。他呆坐在黑暗中，人反而醒了。死不去，不死了。翌日他竟找到一本老鼠噬剩的菜谱，如获至宝，天天背诵，后来竟拥有一手好厨艺。他在展示厨艺时总沾沾自喜地说：“我的师傅是老鼠。”

我要说的是，我这个发小在他心目中的分量。禁锢了几个月后，他被释放出来，第一时间不是回家见父母，而是跑来找我。于是，我们到河边抱头痛哭一场！

老宋多才多艺，他是曲艺家、民俗家、作家。最令人拍案叫绝的是他懂得十几种方言，是山歌大王，他唱山歌从小唱到老，在朋友聚会上唱，在舞台上唱，在省市电视台上唱。老宋好酒，因为喝酒肠胃动过手术。医嘱戒酒，但他生性豁达，而且耳根软，人家一劝饮，一激将，他就大嚷“莫使金樽空对月”，“唯有饮者留其名”，杯莫停了。最妙的是，他能用好几种方言划拳，什么福州拳、台语拳、蜜蜂拳、三国拳等拳经，他都娴熟裕如。“哥俩好，五魁首”……拇战一开打，那便是碗当杯使，酒当水喝了。

去年（2013 年）我从美国返乡，打通他的电话，他立即坐了 4 个多小时的长途巴，从厦门赶到三明相聚。在聚会上他又唱起了山歌，于是，就有了下面这首诗——

听歌

都以为你加入了
“地下党”，
却惊见依旧泡在酒缸。
民俗从酒里打捞起来，
晾在阳台的竹竿，
山歌、肩膀戏、族谱、菜单……
还有落满灰尘的星星以及
折断了的风的翅膀。
山歌不再嘹亮，
当年喊山，
唷嗬一声直冲霄汉。
如今粗着脖子，
歌声却跌倒在门槛。
来一段拿手的龙船调吧，
胸脯依旧是一面鼓，

擂一拳，却咳出一大口痰。
老了，老了！
连笑出的眼泪都已爬不动，
在满脸的沟沟壑壑里冻僵。
窗外，沙溪春潮正涌，
山花烂漫，
窗内，满头芦花摇雪，
歌声沙哑低缓。
可那不老的乡情哟，
火一般的炽热滚烫，
它把我重重灼伤！

注：“地下党”意为去世。

校园『四怪』

“四怪”，皆为闽西北山城最高学府山城中学的教师。

为人师表，何怪之有？

时为20世纪60年代初。某日清晨，山城“井底之蛙”们发现，校园里来了四个陌生人，三男一女。三个男的最老的一个，手里拿着文明棍（拐杖）；两个青壮的，一个长着酒糟鼻，上衣口袋插着牙刷和竹削的汤匙；另一个上着“踢死兔”（西装），下打赤脚，却把一双皮鞋吊在脖子上。女的头发有点卷曲，嘴上涂着口红。他们手提行李，踢里踏拉地穿过操场，活像一班马戏团的小丑。

这些人是何许人？他们是来干什么的？

很快，“井蛙”们就打听到这四人的底细。“四怪”都是刚从邻县一个劳改农场放出来的，均为右派分子。“井蛙”们不清楚“右派”到底犯的是什么罪，罪有多大多重，只知道当了右派就是坏人，对坏人就不必客气，要让他们吃吃苦头，教他们老老实实。

其实山城中学让右派出来教书实属无奈。主要是因为山城师资奇缺，缺到甚至把年龄较大的老留级生留下来当“老师”，让大猩猩唬弄住小马骝就算了。山城中学一直是这样，省城分配的教师没人肯来，即使来了，大多数屁股没坐暖就千方百计拍屁股走人。

那年，调来一个姓齐的女校长，江西人，很有魄力，决心彻底改造山城中学。她首先从提高师资入手，请不到老师，她就提出一个大胆的设想：把右派分子放到学校边改造边教书。为此她跑市里闯省城，到处求爷爷告奶奶，磨破嘴皮，终于从劳改农场弄来这“四怪”。

此后又陆续弄来不少。她这样做，没想到竟为自己种下了祸根。“文化大革命”，她被打成反革命分子，其中一条罪状是“充当右派分子的保护伞”！老校长被揪斗，被打得大小便失禁，落下终生残疾……不过这是后话。回过头来，我们再来说说这“四怪”。

说他们怪，也还真不是完全冤枉他们。他们在农场简直是“瘟神”，洋相百出，一班饭桶废物。据说，让他们看鱼塘，结果全塘的鱼苗翻肚漂白，死光光。让他们到菜园除草吧，则把韭菜全拔了。让他们掏粪，粪没掏上来，人倒跌入池中，把粪池当泳池差点没被熏死……四怪中，三个是大学教授，一人是部队文化教官。把他们遣送到山城中学来，让他们重操旧业，以戴罪之身，教“井蛙”子孙，算是废物利用，或可不白白浪费“粒粒皆辛苦”的大米饭。

“井蛙”们别的本事不大，取绰号却是一等一高手。于是，“四怪”第二天就都有了绰号。三个男的分别为：“文明棍”、“大红枣”（嫌酒糟鼻太露骨）和“西装友”。女的叫“花蝴蝶”。“四怪”不仅服装怪，而且举止也怪。

“文明棍”，教英语。他常叼着大烟斗，手执红木拐杖，迈着尺寸几乎相等的步子，在校园里漫步，活像一只企鹅。有一天，骤雨突至，人们纷纷走避，唯见“文明棍”仍不慌不忙、步步合尺地走在雨中，有人问他为什么不跑？他答道：“跑什么跑？前面也是雨。”本以为这只是一则酸秀才的笑话，想不到现实中真有这号人。“文明棍”有一部老掉牙的打字机，每夜滴滴答答地像雨点响个不停，“文明棍”戴着老花镜在为“井蛙”们打补充教材，他窗棂的灯光每晚总是亮到深宵。

“大红枣”，教地理。他好像全世界都跑遍了似的，特别是对中国的山山水水，说起来眉飞色舞，如数家珍，鼻头愈发红亮了。他虽是部队文化教官出身，但脾气出奇的好。有一次，讲到东北物产丰饶，有大豆高粱玉米……突然一“井蛙”举手发问：“老师，有红枣吗？”众“蛙”哄堂大笑，他不知“井蛙”笑什么，和颜悦色地解释道：“大红枣主要产地有山东、甘肃、新疆、山西、陕西、河南等地，记住了！”“井蛙”又问：“老师，那你是哪个产地的？”众“蛙”笑声如雷，而他仍未察觉“井蛙”是在嘲弄他的红鼻子，依旧蔼然说道：

“本人是云南特产，云南不产红枣也请记住，莫搞错了。”“那你爱红枣吗?”“大红枣”答道：“这还用问？大红枣人见人爱!”哈……“井蛙”笑到气咳。“大红枣”很满意自己幽默的回答，也跟着哈哈大笑起来。

“西装友”，姓石，上海人，教俄文。“井蛙”们常为俄文难以记诵所苦，便发明了汉字注音法，如俄语“公共汽车”，下面注音“阿姑大肚子”。这样的注音还真有点帮助形象记忆，公共汽车嘛，“肚子”里当然坐了很多人，就像阿姑肚子大了，也装下很多人，挺形象的。还有如俄语“再见”，注音为“打死李大娘”，等等。“井蛙”的注音法当然发音不准，而西装友又特较真，差点音都不放过。好像“井蛙”个个都将派去苏联跟“老大哥”说话，生怕“老大哥”听不懂似的，总是一遍又一遍地纠正、领读。有时一个词领读十几二十遍，经常读到唇干舌燥、声嘶力竭。“井蛙”说：“偏点音不行吗?”他斩钉截铁地答道：“不行!”

“花蝴蝶”，亦授俄文。那个年代一面倒亲苏，俄文吃香。“花蝴蝶”特爱美，每天把自己打扮得花枝招展，在这山旮旯的穷地方不知美给谁看。她又特严厉，上课时，一发现有人心不在焉或打瞌睡，她的粉笔头就会飞过来，而且特准，弹无虚发！她还特爱留堂，功课不好的“井蛙”，放学后常被她留下来补习，动辄一两个小时，天天如此，而她的胃病也日重，“人比黄花瘦”了。

几年之后，“四怪”都相继离开了山城中学。他们走的时候“井蛙”们都哭了，“井蛙”的父母家人和亲戚朋友也都赶来相送，山城为之空巷。他们帮山城中学捧回了一面锦旗，上书“省教育先进单位”。

他们走后音讯杳然，不久便爆发了“文化大革命”。“井蛙”们无从知道“四怪”的命运如何，但相信他们在劫难逃。

乡绅矮金

矮金，是我们那地方的乡绅。在我儿时的心目中，他是世上最最有钱的人了。矮金在山城老街当旺之处开了一爿扁肉面馆。铺面四台七座，曲尺形炉灶当街而立。

矮金，头大身短，肥到连下巴也不见了，那颗硕大的脑袋瓜就像直接戳在肩胛上，状似青蛙。走起路来一摇一摆，笨拙如鹅，而且满嘴金牙，说话时张合之间金光乍现，一闪一闪。所以山城中人都叫他矮金，没人知道他的真实姓名。

山城四面峰攒翠拥，中间一条清溪穿流而过，恰似一把利刃将山城开膛破肚，一劈两半。山城很小，这里流传着这样一首民谣："小小三元县，三家豆腐店，城内磨豆腐，城外听得见。"我小时候对这首民谣很不以为然，因为它居然漠视矮金面馆的存在，这是不可原谅的错误！

山城的老街，东西走向，呈一字长蛇，沿北岸蜿蜒。路面是采自山区随处可见的青花石铺成。两旁低矮的屋檐，像首尾衔连的蝙蝠的翅膀掩翳着老街，使得老街在光天化日之下也显得有些幽暗。

当蝙蝠似的屋檐驮来了夜色，老街就喧闹起来。半个世纪前，那时山城还没有电灯。入夜，悬挂在街道两旁店铺门柱上的、各式各样的煤气灯、洋油灯、还有纸灯笼等照明工具，次第点亮，团着橘黄色光晕的灯火，像两条发光的黄绸带一路摇曳飘漾而去，煞是好看。木屐敲着青石板路，咯咯咯地响成一片。山城的男女老幼倾巢而出都跑到街上纳凉闲逛。街坊更搬了凳子、铺开草席，在街上摆龙门阵。有的干脆躺在凉冰冰的石板上“挺尸”。男的不用说都光了膀子，女的也尽量少布，袒肩露臂。老妪更敞开衣襟，嘟噜在胸前的干瘪奶子随着手中的蒲扇摇来晃去，毫不顾忌路人的目光。

每当掌灯时分，便是矮金店铺生意最为火爆的时候。店里早就容不下了，食客都端着碗站到街边吃。跑堂的小二来回奔忙，送外卖到纳凉人的手中。矮金嫂飞快地擀皮包扁肉。矮金掌勺，大汗搭小汗，满面油光可鉴。他一边下面氽汤，一边唱诺应客，间中还夹杂几句骂娘：“撒依奶（福州话骂人语），挣这钱，买命！”但是收钱的时候，还是笑到见牙不见眼，一迭连声地说：“多谢多谢！”

每次路过他的店铺，老远就嗅到飘来的肉面香气，引得齿颊间分泌的酸水冒个不停，刚骨碌吞下去，又一下子涌出来淹没了口腔。搞到我小时候对“垂涎欲滴”这个词体会最深记得最牢。走近一看，更不得了，那钩在铺头门楣上油汪汪、黄澄澄的猪头蹄膀肥肠，唤醒了我沉睡的肠子，急剧地蠕动，搅得我的腰都直不起来了。我的眼珠子，简直要从眼眶里跳出来，跳到那汤锅里去了。因为，因为那锅里，猪骨头像是活的，在沸水中咕噜咕噜地翻滚。

矮金手持双刀，袒胸露肚，威风凛凛地站在砧板前，活像《水浒》里的那个镇关西郑屠。他飞快地剁着肉，肚皮一颤一颤，肉星沫子四溅。笃笃笃笃，嗬，那可真是世间最美妙的音乐了。从矮金手中接过找赎的钱，拧出的油水可以炒菜呢！在那缺肉寡油的日子，他阔绰得直叫人暗暗咒他。

矮金惧内，他老婆是个“大山婆”，膀大腰粗，像街头太保庙的大柱。街上的人时常看到这样的一幕：她把矮金挟在胳肢窝下连拖带拽地拎回家，矮金则一面央求“放下我，放下我”一面乱蹬着双腿，却是挣脱不了他老婆双臂组成的肉枷。人家是胳膊拗不过大腿，他是大腿拗不过胳膊。街坊都在笑，有的起哄“伊嫂，矮金不听话，打他屁屁！”街坊都知道怎么回事，准是矮金昨晚又去赌了，而且百分百输钱。

不过，这对欢喜冤家也有夫唱妇随的时候，每当矮金看到乞丐，他总会舀一碗面施舍，他老婆常在碗里添几粒扁肉；如果矮金给钱，给上一两块，老婆每每加上几角……五十多年前那时钱大，一块、几角的钱已可买好几碗面了！

读冷石

王冷石作画，落款常署“荷间渔父”、“醉荷堂”，是为其号与斋名也，乃知其旨趣矣。当今之世，红尘滚滚，物欲横流，冷石仍赏荷、惜荷、恋荷、痴荷，荷乃花中君子，高洁清雅，冷石对荷情有独钟，可鉴其心好古，其情尚真也。故其所写荷花古趣盎然，卓约脱俗。冷石写荷，有墨荷、风荷、月荷、舞荷、肥荷、瘦荷、残荷、禅荷、醉荷……千姿百态，墨彩纷呈，令人赞叹不已！冷石还喜作芦荻凫雁，断崖苍鹰，或作秋山寒水，疏林荒村，皆墨老笔古，满纸苍郁。那种淡穆古朴的气韵，正透过无数点和线的飞扬泼洒，形和色的涂抹濡染扑面而来，灼人眼眸。他还运用泼墨、破墨、焦墨、积墨等技法，浓淡枯润的墨彩变化，托物寄情，直抒胸臆。

冷石服膺膜拜明末大画家徐渭，常借客体的自然秉性来寄托主体的情感思绪，墨彩笔韵崇仰徐渭确立的大写意，故冷石云，他将效郑板桥穷其一生甘做“青藤门下走狗”。

吴冠中在其画论《三说意境》中写道：“海德格尔说，诗即思；我想，画即话。有人说诗是诗人的隐私，那么，画则是画家的隐痛。”冷石的画，墨老笔古、苍郁淡穆，这种鲜明的艺术风格的形成，正是与他的成长过程和人生阅历密切相关，他的画展现了他内心的“隐痛”。

王冷石乃河南洧川人氏。古籍载：“洧川乃古黄帝之墟。”此地人文底蕴丰厚。冷石父亲擅丹青，系当地颇有名气的民间画师。冷石自幼得帝墟山川之灵气，承家学之渊源，青少年时已显露绘画天赋，被誉为“神童”。中学毕业后，因家境贫寒，无力供他继续升学，他便参军入伍。退伍后，决心浪游名山大川，“搜尽奇峰打草稿”。他背起简单的行囊和画板，跋山涉水，风餐露宿，四年间，徒步行程万里，足迹遍及大江南北。归来时，他带回两麻布袋的画稿，蓬头垢面如深山野人。儿时饥饿的记忆，浪游时目睹黎民百姓的疾苦和官吏的贪腐，还有祖国山川的秀美壮丽，都深深烙在他的脑海中，孕育成他心中爱与憎、苦与乐、美与丑“隐痛”的块垒，将此情感注入墨池，遣于笔端，便形成了冷石苍郁淡穆、古雅朴拙的画风。

初识冷石，大约是十年前在深圳一位朋友的聚会上。那晚，冷石姗姗来迟，携了两幅字画送给我，说是受友人的嘱托。我展览卷轴，字是行草“明月入怀”，画是“牡丹双鹤”，读罢，笑曰“俗”。冷石一脸漠然，说道：“我以为是送给香港的生意人，能不俗吗?”语毕突然放声大笑，举杯齐眉向我

“谢罪”。自兹，我们便有了过从，且渐甚密。那时冷石刚南下“闯荡江湖”，看来经济颇为拮据。我每过罗湖桥，总邀他小酌，几杯下肚，意兴遄飞，月旦人物，臧否是非。我说我的意识流后现代，他说他的“屋漏痕”“折钗股”，意见相左处，争得面红耳赤；观点投契时，拊掌开怀大笑，过了一段很“文艺”的日子。后来他写了一首诗送给我，诗曰：

客居异乡茹冷暖，南国逢君花正芳。
鬻画沽酒风两袖，借光磨墨月一窗。
岂只文章称怪才，分明先生爱把觞。
壶罄酣醉多壮语，常将心肺照香江。

这首诗上半阙写他，下半阙写我，是我们当年交游的写真。

冷石秉性“三直”：天性正直、为人率直、处事耿直。他拙于言辞，不擅交际。冷石鬻画为生，却尝因“不屑其人”而毁画掷笔，让自己吃亏令别人难堪。他明知这种孤傲的名士脾性不合时宜，但他却无法摈除，年逾不惑，依然故我，真性情中人也。

冷石学画，可谓无师自通，他既未入美院深造，亦未得名师亲炙，但他并不引以为憾，他以为习画必须奉“外师造化，中得心源”为圭臬。师造化则浪迹天下，得心源则面壁静悟。

艺术产生于孤独，有志从事艺术者，定要耐得住寂寞，拥抱孤独，甚至享受孤独。冷石身处深圳繁华市廛，却常闭门幽居，甚或数日足不出户，竟夕作画，一管在手，神游大千。冷石在城嚣蒸腾的环境中依然写出意境澹远高古的画品，盖因他能慎独守静，故而“心静地自偏”。

冷石亦是书法名家，他的章草和狂草已臻纯青之境，上摹怀素与二王，下临祝枝山及老缶。酒后挥毫，尤得怀素“狂来轻世界，醉里得真知”的神韵。驻足冷石狂草条幅前，如观点线飞瀑，铁划银钩，春蚓秋蛇，笔歌墨舞。他学古而不拘泥于古，尤以钩撇，别出机杼，钩如鹰喙撇似虎须，余戏称为冷石之“鹰钩虎撇”也。

丁亥冬，余自侨居地美国加州硅谷，返国一行，与暌违两年的冷石重逢于深圳。欣闻人民美术出版社即将出版冷石书画集，可喜可贺！本来冷石可以邀请多位名家为其作序，但重逢时冷石执意嘱我为文，高情难却，爰笔缀言，以发余读冷石书画之感受，聊申画册出版祝贺之忱！

致张元

张元同学：

你好！你在小小说作家网给我留了几句话和一篇文章。你写道："巴老师，不知道您还记得我么，上次您来我校给我留下了很深的印象，一直来我都很想听到有人能好好指导一下我的作文……今天我离开学校之前留下了篇文章，老师有空就请翻阅一下吧。"

去年（原注：2012 年）12 月下旬，我曾应邀到惠州惠阳叶挺母校崇雅中学讲学。如果我没有记错，你是坐在讲台右侧的前排。当时你举手发言，你说，你酷爱写作，但你有叛逆精神，喜欢标新立异，与众不同，因此你投给校刊《雅风》的稿，不合编辑的胃口，全部落选。后来，你模仿校刊里的文章风格，和它们保持一致，结果一击即中，立即被采用了。但你感到困惑，大声诘问：这样对吗？这样好吗？

你的发言，触动了我，我求学的时候也是一个"叛逆者"，因此吃了许多苦头。我当时肯定了你的"叛逆"精神。要么你不搞文学，要搞文学就要与众不同，就要标新立异。俄国著名的文学评论家车尔尼雪夫斯基强调文学创作中的“这一个”，不是这两个或这多个，雷同重复都将失去文学审美的价值。一个浅显的例子，女明星出席某种公开场合，倘若有两人穿着相同，那就“糗大”了，会被报刊嘲弄好几天。穿衣尚且如此，更何况文章？正所谓“文章千古事，得失寸心知”，古人对自己所写的一词一语都很重视，有位诗人说“两句三年得，一吟双泪流”。所以作文者常殚精竭虑，挖空心思追求“人人心中所有，个个笔下所无”的境界，诗人杜甫更发出“语不惊人死不休”的豪言壮语！许多成名的作家在写作过程中都战战兢兢地避免触到与人“雷同”的暗礁，一旦触礁，你这个作品便成了废品！追求独特，追求个性，文学的园圃才会万紫千红，才会百花齐放，文学的天空才会星汉灿烂！

我翻阅过《雅风》，这是一本编得非常好的刊物。我不知道《雅风》的选稿标准，但我相信风格不同的文章不至受到排斥。

我还记得，散会时你找到我，让我在你笔记本上留言，我引用了毛主席的一句词：风物长宜放眼量。与你共勉！我还答应读你的文章，并提供意见给你。想不到你真的紧追不舍，追到这小小说作家网，留下一篇文章，让我兑现诺言。好小子！真有点与众不同，真有股韧劲。

闲话打住，言归正传，那就谈谈你这篇几百字的短文吧。这是一篇临别赠言随感之类的小品文语言鲜活，情绪饱满，对人生对未来也颇有独立的见解。但是，可能是临别在即，百感交集，什么都想说，结果什么也没说透，变成蜻蜓点水，浮光掠影。

像这类几百字的抒情小品文，我以为在写作上要以点带面，点面结合，以面抒情，以点感人。由于题材的囿限，这类小品文不能重彩浓墨，大锣大鼓，粗线条地，从面到面地去大呼隆地写，如果是那样写，就会变成大忽悠，忽悠了读者。当然，文章能不能“纯抒情”，其决定因素不在于文章的长度，而在于内容。比如刘成章的散文诗《安塞腰鼓》，它抓住了陕北铙钹大鼓的轰响，腾挪奔放的舞姿，融入黄土高原，陕北汉子那种粗犷、坚韧不拔的血性，重彩浓墨，通篇抒情，激情澎湃，气势恢宏！

但你这篇不能那样写，你是临别依依，离愁别绪，不能只浮在“面”上，不能老在那里抒情，你没有灵感落墨的点，没有情感附着的“皮”，你抒的情就是滥情，是无病呻吟。事是文之“皮”，情是文之“毛”，皮之不存，毛将焉附？当然我不是说你这篇文章就已经是滥情，是无病呻吟了。像这类文章，提笔时思绪纷然，情如潮涌，就得先梳理一下，抓住几绺缤纷的线头，编织你心中的梦境；撷取一束闪光的浪花，展视你如海的深情……把你最难忘，最“窝心”的事物抒写出来。这类小品文，有时通篇只写一种感觉，一种情绪也是可以的，以情绪的流动形成一种内心独白，咏叹的韵味，这是近年颇为时兴的写法。但切不可多种感觉、多种情绪虬结在一起，变成一团乱麻。

回看你这篇文章确实存在没有抓住一个“点”或捕捉一种情绪、忽略了细节的丰满和刻画的缺陷，因此使文章失去了感染力。比如说给你画像的女生，比如说各怀梦想的同学，比如说形象各异的老师……那些难忘的师生情、同窗情、甚至校园的草木情，那些恶作剧，那些狼狈与不堪，以及你所写到的欢笑与泪水，甜蜜与荒唐，自信与迷茫……你不能一味的“壳里空”，光发射空对空导弹，而是必须抓住一点，生发开去，才能有血有肉，生动感人。但是你一个也没抓住，件件事都是点到辄止，蜻蜓点水，无一细写。结果变成现象的罗列，词语的堆砌，使文章显得杂乱空洞，无序跳跃，缺乏内在的一种逻辑联系。这也是中学生作文的通病。初学写作者最好别信散文作法“形散神不散”之类的说教，那一定令你很难把握，拿捏不准，易把文章写散写乱，造成不知“神”在何处，但见落花散叶满地！

我是否批评多了些呢？你爱好写作，而且追求“独特”，从文章的遣词造句上就可以感受到你在文字上下过功夫，也有较好的潜质。只要你坚定自己追求文学的信念，相信假以时日，你在文学上必有一番建树！顺祝你在新的学校愉快进步！

巴 桐

于美国加州硅谷

序《流月涛声》

“爱好文学是一个美丽的痛苦”，这是我在拙作长篇小说《蜜香树》后记里写的一句话，我并作了如下诠释——美丽者：她是一个令人目眩的光环，一片可以抒发情感的天地，还可以以文会友。如果心志高一点还可以来一番“铁肩担道义，辣手著文章”，忧国忧民，针砭时弊；心志低一点，也可以娱人娱己，或给人某种启迪。痛苦者：这是一条漫长而孤独的道路，伴着孤灯，以你的心血为膏，以你的脑汁为油，煮熬出一个个字来，“吟安一个字，捻断数茎须”真是作文者写照……

吾友张高贤，他在耳顺之年实现了人生角色的转换，弃商从文，抛却铅华与喧闹，寄情笔墨，朝剪墨花，夕拾书叶，徜徉于砚池墨林，拥抱那“美丽的痛苦”……

寻根溯源，张高贤从文其来有自，他自幼酷爱文学，并承沐家风，聪颖过人。他出生在蕉风椰雨的国度，他的父亲是马来西亚一所中学的校长，乃德高望重的饱学之士，兼且擅画能文，常在侨居地报刊上发表文章，在当地颇负文名。如果不是在他 12 岁时，父亲遽然病逝，张高贤也许一早就踏上从文之路。但是命运弄人，父亲去世后，母亲被迫拖儿带小返回故里，张高贤生命的方舟驶入了岔道，他的人生也因此彻底改写。他对文学的爱好和追求从此也只能深藏心底，锁于心灵幽室。

在归国二十一载、经历了重重风浪波折，甚至血与火的洗礼后，张高贤从内地移居香港，此后又付出三十多年的拼搏，凭着赤手空拳和聪明才智，创建起执香港文具业牛耳的企业集团，成为一位成功的企业家。但他对文学的热望始终未曾冷却泯灭，在他的事业攀上高峰之际，毅然从商海急流勇退，把十几家工厂企业逐步结束，把集团董事长的桂冠脱下，把总经理的交椅让给其爱女安妮，自己则带着“一肩蓑笠、两鬓银丝”悄然上路，去追寻儿时钟情的文学之梦。于是，我和他便邂逅在香江狭窄的文学巷道中。

我跟他认识是“未见其人先睹其名”。那是在一次香港某大新闻机构的宴会上，我的邻座上摆着一个铭牌，上书——张高贤，但直到散席仍未见他的影子。他是何许人呢？在我心中留下疑团。后来，在一次文学社团的聚会上我见到他，人和名才对上号。他墩实开朗，给我的第一印象是精悍而潇洒。那天初次谋面，未及倾谈。过不多久，我收到他寄来的一本书，砖头那么厚，书名《一代人》。翻阅之下，深为感动，搦管铺纸，写下读后感，其中写道——

高贤长袖善舞于商旅之途，忽急流勇退，晚岁徜徉于砚池墨林。非为嬉水弄潮，亦非吟风啸月，乃采撷人生苦果，将之嚼成火，酿作酒。追忆岁月流光，铸为剑，磨成镜。以火烛照人生，以酒慷慨放歌，以剑征伐腐恶，以镜知往鉴今，此即为高贤兄之大著《一代人》是也。

余与高贤同时代人，把卷细读，感同身受。如烟往事，一一浮现在目。高文走笔流畅明快，如水就下，一泻无碍。于平实中时见睿言隽语，于质朴中不乏精警妙句，读之诵之，激昂处令人扼腕叹息；悲愤处为之同声一哭。《一代人》不独令巴桐不能自已，泪湿沾襟，亦令众多读者师友感佩动容……

这以后就有了交往，渐渐便成了过从甚密的朋友。写出《一代人》这部自传体作品之后，张高贤的写作热情一发不可收，2006 年他又编撰出版了《流月涛声：〈一代人〉评述及诗画集》。现在这部《扬波轩随笔》又将付梓。加上此前在他策划主持下编辑出版的《思源》和《涌泉》两部书，他的文学园圃已见青柯亭亭，花着枝头了。

我与张高贤在人生经历上颇多相似之处，譬如，我们都过早地遭受迫害（中学时代就受到批判），而且在几乎把国内运动的炼狱全都趟过一遍后，在 20 世纪 70 年代，又都带着身心累累伤痕，举家迁徙到蕞尔小岛香港，最后我们又都殊途同归成为文友。正是基于上述的原因，我们相见恨晚，引为知己。

《扬波轩随笔》，从文学审美角度而言，当然不算上品，但它贵在“真”字：真心、真诚、真情。你可从中洞察一个赤裸裸的灵魂。这就让你乐于捧读。这部集子中大多数篇什与《一代人》和《流月涛声》一脉相承。回忆和反思，情与义，爱与憎，贯穿卷帙。张高贤始终无法走出记忆，青少年的挫折和屈辱，他用奋斗和奉献去救赎！我曾写了一首小诗给他，道出了心中的感慨：

同是一代人，政治摧半生。

回首终不悔，豪情满江天。

张高贤在《流月涛声》自序里说，“宋人陈与义词曰：长沟流月去无声，今反其意而用之。我们这一代人，所经历的岁月，不会流逝无声。那段风雷激荡的日子，每每忆及，铿然震响，如波涛汹涌，澎湃于胸。”

正因如此，张高贤的笔墨常让人感受到卓厉雄健，发人深省。张高贤抒写人生，呈现记忆，但他不是刻板还原曾有的现象，而是孜孜于呈现生命的本真和重构。在记忆呈现的过程中，作者的灵魂再次受到自我折磨和拷问。然而这过程并非只是痛苦，他同时也快乐着—— 一种心灵净化和自我释放的快乐。

时光总是渐渐将记忆中的某些不堪或痛苦酿成酒和甘泉，而且总是越来越显示出记忆反刍的价值。岁月如水，悠悠地透过记忆之笔，镌刻下流月的痕迹和回响，这使得人的精神因之丰富，使人在继续人生的长旅中，脊梁骨多了几分承托和依靠，或许会因此而欣慰而充实，而多了一份迈向前路的沉着。我想，这正是阅读《扬波轩随笔》所获得的强烈而美好的感受吧！

孤山流韵

秋高气爽，金桂飘香。惠州西子湖波光潋滟，岸柳垂荫，我和再复兄一起踏访苏东坡在惠州的遗迹。这次机会，实为难得，我们现时都旅居美国，他在科罗拉多州，我在加州，分别多年，万里归鸿，把臂同游，愉悦之情不言而喻。刘再复说，他早就想来惠州西湖看一看，可惜总没逮着机会，今日得尝夙愿，真的很高兴。

据统计全国叫西湖的水泊有 39 处之多，叫苏堤的坝筑也不在少数。但真正与苏东坡有关的苏堤只有三处：杭州、颍州与惠州。宋朝诗人杨万里诗云“三处西湖一色秋，钱塘颍水与罗浮”，而古人评西湖又说“唯惠州足并杭州”。惠州西湖与苏东坡更有一段不解之缘，历经近千年风雨，苏东坡爱妾朝云的香冢，至今仍静卧在惠州西子湖畔，这就使此处多了一个故事，多了几分神韵和诗意。

我们且行且谈，纵目骋怀。刘再复说，苏东坡是罕见的天才，他是诗人、词人、政治家、书画家、美食家、水利专家，还会酿酒……近代文豪林语堂在他的《苏东坡传》中，给他戴了十八顶帽子，很了不起。

我们伫立苏堤上，眺望对面的孤山，山上矗立着大圣塔，苏东坡曾吟唱“一更山吐月，玉塔卧微澜”，指的就是这里，这便是著名的西湖十八景之一“玉塔微澜”的由来了。北宋绍圣元年（1094 年），苏轼被朝廷以“讥斥先朝”罪名贬谪惠州，官职是“宁远军节度副使惠州安置”，小不丁点的闲官。在这里度过了三年流放的岁月，留下了东坡井、合江楼、嘉祐寺、白鹤峰、东坡故居、西新桥等一批文化遗址，还写下诗词 160 首，文章书信 300 余篇。而最让人低回咏叹的自当是孤山上的朝云墓了。

东坡纪念馆和朝云墓都在孤山上。要上孤山，有两条路，对着苏堤这条，坡陡；几百米外另一条，坡缓。我们决定舍近求远，毕竟我们都已 60～70 岁，逞强不得。回想 30 年前，我和诗剑、陈娟到北京朝阳区劲松里访他，其时刘再复任社科院文学研究所所长，发表《性格组合论》等专著，名噪一时。记忆中，他的家相当简陋，狭长的客厅摆放着一张长沙发，他的夫人忙着切西瓜招待我们。照相留影时，沙发挤下三个人，我只好骑在沙发的扶手上。刘夫人对我说，当年你又黑又瘦很年轻，想不到现在也已经满头白发，时间过得真快！我们都老了。

我们信步向前走去，见有黄蜡石种于竹篁边，上刻墨绿阴文苏词，古雅质朴，湖岸老榕盘根错节，长髯垂拂。草圃中矗着数尊青铜雕像，有苏东坡与渔人樵夫共话桑麻、或与农妇村童小憩啖荔的情景，皆生趣盎然。来到孤山东坡园，见园内用花岗石铺就的小坪上，刻有苏东坡咏荔诗句。我对刘再复说了个荔枝树下顿悟的故事——有一次，朋友包下一棵荔枝树，体验边采边吃的乐趣。我试过之后方知采荔枝是苦不堪言的累活。烈日炙人，虫蚁叮咬，我汗流浃背，心中窝火，站在树下气喘吁吁，心想广东人说“一只荔枝三把火”，我还没吃就已经一肚子火了，何只三把？此时忽转念一想，便心生疑问，这荔枝上火为什么不讲一把二把或者四把五把等等，而偏偏说是三把呢？我默念苏东坡“日啖荔枝三百颗”名句，用普通话和粤语反复念了几遍，蓦然发现这“三百颗”的粤语读音正是“三把火”！不禁莞尔失笑，原来三把火出处竟是苏东坡的诗，然则，苏东坡是赞美荔枝，劝人多吃；可叫广东人一念，却成了警告语，劝人少吃，怪也妙哉——刘再复听罢，笑道，巴桐兄，这是你独家之解，很有意思，可存一说。

说话间，不觉已到孤山脚下，拾级而上，穿过一道九曲回廊，廊尽处便是苏东坡纪念馆。馆内搜集的文物不多，展柜里陈列一些字画拓本和古籍仿件。馆外有苏东坡与朝云塑像。沿着幽径前行数十米，至孤山南麓，但见一片松林，苍翠掩映中有亭翼立，那便是六如亭，亭柱上镌有一副楹联，出自苏东坡手笔，联句是：“不合时宜，惟有朝云能识我；独弹古调，每逢暮雨倍思卿。”个中包含了苏东坡对一生坎坷际遇的感叹，而这种感叹最终又是维系在一位红颜知己的身上，她就是长眠在六如亭侧的苏东坡“暮雨倍思”的爱妾王朝云。

王朝云钱塘人，因家境贫寒，自幼沦落在歌舞班中，苏东坡四十岁时纳她为妾。在苏东坡的妻妾中，王朝云最为温婉贤淑，善解苏东坡的心意。一次，苏东坡饭后在庭院中散步，突然指着自己的腹部问身边的侍妾：“你们有谁知道我这里面有些什么?”一侍女答道：“您腹中都是文章。”苏东坡不以为然。另一侍女说：“满腹都是见识。”苏东坡也摇摇头，到了王朝云，她微微一笑，道：“大学士一肚皮的不合时宜。”苏东坡闻言，捧腹大笑，赞道：“知我者，唯有朝云也。”这便是楹联上颔的来源。

苏东坡一生仕途坎坷，一贬再贬，连年辗转流徙于异域他乡。到了宋哲宗时，年近花甲的苏东坡被贬往南蛮之地的惠州。身边众多的侍儿姬妾都陆续散去，只有王朝云坚贞相随、患难与共。在惠州王朝云又为苏东坡生下一子，因产后失调，身体十分虚弱，终日与药为伍，于是就皈依佛门，拜比丘尼义冲为师，天天诵经求佛，也不见效。不久便带着不舍与无奈与世长辞，年仅 34 岁。临终前她执着东坡的手意味深长地说：“世上一切都为命定，人生就像梦幻泡影，又像露水和闪电，一瞬即逝，不必太在意。”这番话并不只是她皈依佛门后悟出的禅道，其中寓藏着她对苏东坡无尽的关切和牵挂，生前如此，临终亦如此。

朝云死后，苏东坡将她葬于西湖孤山南麓，并筑六如亭以纪念她。惠州的西湖本名枕丰湖，山青水绿，烟波岚影，酷似杭州西湖，自苏东坡来后，常与王朝云漫步湖堤、泛舟波上，一同回忆在杭州时的美好时光。不料他乡的孤山竟然成了王朝云孤寂长眠之地。双鸿远游，失伴成只。对朝云的怀念日日凝聚在苏东坡悲寂的心头，夜里化为幽梦，他梦见朝云来侍，而且为年幼的干儿哺乳，总看到她衣衫尽湿，询其缘故，答道："夜夜渡湖回家所致。"苏东坡醒后大为不忍，于是兴筑湖堤横跨湖上，以便朝云前来入梦，此堤也被后人称为"苏公堤"。堤成之日，当夜就梦见朝云来谢，音容笑貌一如生前。为了怀念王朝云，苏东坡在惠州西湖上刻意经营，建塔、筑堤、植梅，试图用这些设置的景物唤回那美好的记忆。然而佳人已杳，真是"人似秋鸿来有信，事如春梦了无痕"，令人唏嘘不已。后来成鹫法师作了一首咏六如亭的诗，极尽缠绵悱恻，幽婉凄切之情，诗云："苏堤留恨处，荒冢对沧溟；流水空千古，香魂倚一亭。波涵三岛绿，柳锁六桥青；寂寞栖禅寺，金刚何处听？"

我们在六如亭小憩，触景生情，刘再复忽发一番感叹，他说，浏览了苏东坡遗迹便联想到韩愈，苏韩两人都是文学大家，文学史上有所谓"苏海韩潮"之说，他们都曾被贬到广东。一个在惠州，一个在潮州，但两个人的心态和境界却完全不同。韩愈被贬之后写了《古琴操》，为自己大呼冤枉，称皇上为父母，自己为儿女，他说："儿罪当笞，逐儿何为。"其意为，皇上是父母，儿女做错了事，你可以打骂，怎么可以赶出家门呢？他为自己失宠遭贬之后的生活叫苦连天，他说："儿在中野，以宿以处。四无人声，谁与儿语。儿寒何衣，儿饥何食。儿行于野，履霜以足。母生众儿，有母怜之。独无母怜，儿宁不悲。"把自己比作孤苦无依的孤儿，一副悲切乞怜的样子。

刘再复说，苏东坡则完全不同，非常豁达潇洒，甚至可以说他的灵魂更高地站起来了。在贬居地他照样写诗做事享受生活，这才有惠州西湖与朝云谱写的浪漫恋曲。后来皇帝降旨召他回京，他也没有像韩愈那样欣喜若狂，也没有对"皇恩浩荡"感激涕零，而是对最后的流放地儋州的土地和乡亲父老深深的不舍与眷恋，比起韩愈，呈现另一番境界。刘再复认为，人与人，文与文，诗与诗之差别，归根结底是境界的差别和精神格调之差别，以此观之，苏韩两人文学品位之高下立判。

中午时分，惠州文联主席安想珍在湖畔的惠州宾馆设宴款待。安想珍非等闲之辈，他是 2012 年全国毛体书法十佳金奖得主之一，作品正在人民大会堂展出。我和他是旧交，自是相见欢。他送了一幅字给刘再复。刘再复看了他的画册后，在回赠给安先生书的扉页上，欣然写下赞赏安氏毛体书法的题词。吃过饭，我们挥别安先生驱车前往深圳。车过大门，回眸西湖，此行虽匆匆，但饱览湖光山色，寻访苏子留韵，又聆听刘再复一席辟论，不啻是飨用了一次文化大餐！

此次与再复游，我还有一个意外的收获，我的书法得到再复兄的错爱，他称我为书法家，并用水笔写了一枚作家、书法家巴桐的题签，我将它印制成名片作为纪念，不过，这是题外话了。

握手一瞬

前些天，在《三明侨报》的电子版上，我读到6月29日（2013年）刊登在《三明侨报》人物栏的、杨庆桢先生撰写的《第一次握手——巴桐印象》一文，感慨不已。读了此文，我才知道我与庆桢有一个因“文革”而结下的四十年心结，直至这日才冰释前嫌，正是：一握解心结，华发舞春风。

6月中旬某日，经文兄邀约马耳、杨庆桢、陈志忠、邓惠昭等友人欢聚于月亮湾。是日天朗气清，惠风和畅。新知旧友济济一堂，宴会厅洋溢着浓浓的乡情亲情友情。如今读庆桢兄的文章，当时的情景又翩然而至，栩栩浮现于眼前。庆桢先生的一管生花妙笔，把那一瞬定格为历史，镌刻为三明的一段人文记忆。

庆桢兄的人品文品素为我所敬重，他堪称“三明一支健笔”。那天，庆桢兄赠我以他的新书《雾桥集》。当晚我在下榻的三明饭店小楼展卷捧读，直至夤夜不忍释手。一篇篇细细读来，从书页中冉冉站立起一位荷笔为枪的三明新闻战士的身影，仿佛看见他风尘仆仆地奔走于三明的山山水水，为三明描容，为三明造像，为三明存真！为三明的发展和进步鼓而呼，讴与歌，三十多年无一日懈怠。如今发颓齿摇，犹搦管不辍，老骥奋蹄，继续为三明负轭驱驰。他就是可钦可敬的庆桢兄。

在《雾桥集》中，我首先读到的是一颗心，一颗诚挚善良的心。我读到了像《蔡铭生同学，对不起》这样令我心灵战栗的篇章：四十年前因一次饥饿偷食的指证，造成了中学同窗蔡铭生被勒令退学，虽然责不在他，仍负疚于心，如鲠在喉，终于在事隔四十年后，他遥对蔡同学说声对不起，才卸下压在心头的一块巨石，欣然释怀。记得那天，老杨也同样对我说了声对不起，他说如果过去有得罪的地方，请你原谅。庆桢兄从未得罪过我，何出此言呢？归来后，我沉思默想，幡然醒悟，这是庆桢兄在古稀之年，用来自心灵的忏悔和谦卑的清泉，洗涤和净化自己的灵魂，他生怕遗漏了要衷心向其道歉的人，所以宁可说错，也不愿遗漏，这是何等磊落的胸襟、何等高尚的情操啊！我也想对庆桢兄说声对不起，也许因为我的疏忽和“自傲”，让他觉得我们之间隔着“一道台阶”，因而一次次错过了和你握手的机会，以至蹉跎了四十年，两只布满青筋的手才握在一起……

在《雾桥集》中，我还读到了一片赤子之情。庆桢用饱蘸对三明深厚情感的笔墨，抒写了三明历史的变迁，风土人情，文字虽质朴无华，但质朴中不乏灵动的妙语，不乏精简的警句，不乏文采斐然的段落。笔笔写来，无不感情充沛富有艺术的张力和感染力。我和庆桢都是祖籍福州的三明人，在三明这块热土上，流过血流过汗，有欢笑也有泪水，磨难与奋起、屈辱与荣耀，交织着太多的悲欢离合、酸甜苦辣。虽然我离开三明旅居香港和美国已三十余载，但三明未曾须臾从我的记忆中离开过，三明是我一生的牵挂。正因如此，《雾桥集》的文字在我读来尤为亲切。读之，如饮一杯醉人的乡情醇醪，如服一帖疗治乡愁的灵丹，掩卷回味，遐思联翩……

那天，初见庆桢兄，我心里微微一震：他确实老了。当年青衫少年如今已皤然一老翁矣。庆桢见我面有异色，指着眉间的一颗痣说："巴桐先生，我是如假包换的杨庆桢，你看我这个私人标志性的物件还在这里呢。"是的，庆桢眉宇间有一颗"美男痣"，那颗痣并没有随他脸上的皱纹老去，依旧"青春"着（一笑），证实着杨庆桢的独特私人标志。语毕，庆桢哈哈大笑，我们的手紧紧地握在一起。

我看见庆桢几绺稀疏的头发覆于额前，手因患帕金森症而微微颤抖着，背脊微驼，步履蹒跚。我握着他的手问道，写字还方便么？他说，还行，现在多用电脑敲字。宴席上，东道主宋经文将我们安排在他的左右，杯酒落肚，酡颜上颊，气氛开始活跃起来，一个战士的神采又回到了庆桢的脸上，隔着老宋，他意兴遄飞、滔滔不绝地述说着三明的人和事，仿佛想把家乡事桑梓情，向我这个天涯浪子一股脑儿倾诉出来……

写就这篇短文的时候，我正身处太平洋彼岸的关岛，在下榻的酒店眺望烟波浩渺的杜梦湾，面对无尽的阳光沙滩，椰林波光，鸥翔浪舞，我的思绪飞扬起来，飞回到那遥远的故乡的月亮湾……

第三辑

人生虹彩

人生总经风雨，希望灿若彩虹。

体验小说

三十多年前我在三明学院的前身三明师专上学，当时让我给同班同学讲课，讲的是戏剧、电影与小说的异同，讲完之后，全班同学起立鼓掌，我很受感动，至今记忆犹新。今天，我回到母校，再讲小说写作，算是再续前缘。为什么选小说讲而不是诗歌和散文呢？我认为小说是文学创作的峰岸——高峰和彼岸！文坛有的人认为，只有小说家才有资格成为文学殿堂级作家。因此即使像余秋雨这样大师级散文作家，仍然被王朔轻蔑地嘲笑为不过写了几本旅游文章而已。

小说包含了诗歌和散文所有元素及技巧，而诗歌和散文包含不了小说，小说还是舞台戏剧和影视剧本创作之母，很多影视戏剧的剧本都改编自小说。一般而言，很多从事文学的人，他们所走过的文学道路的轨迹是先写诗歌再写散文最后皈依小说。因为，当他们闯入文学大门的时候，首先遇到了浪漫多情的诗歌，诗歌身材娇小轻盈多姿，被认为最容易上手，但写下去才发觉诗歌易写难精、难以突破，写来写去，到后来感到只是在玩文字排列组合的游戏，而且诗歌囿限于字数韵脚等格式，也有碍直抒胸臆，不能够痛快淋漓地自由挥洒，于是有的人就转向风情万种的散文。我们知道一位著名的朦胧诗女诗人也改写散文了，便是一个例证。散文的天地比诗歌似乎广阔多了，刘勰在《文心雕龙》中说散文能“思接千载，视通万里”。但散文写到后来，发觉它还是缺少了点东西，缺什么呢？缺了点超自我、超自然、超现实的虚构力。散文一个巨大的特点是不能虚构，散文拒绝虚构。散文的美学核心是个“真”字：真心、真情、真诚。散文主要是抒发个人的一点心事、一点情绪、一点感悟。而最能展现波澜壮阔、风云变幻、起伏跌宕、引人入胜的故事，又能直探和揭示各类人物内心世界奥秘的当推小说。我们再看一看每年诺贝尔文学奖，花落谁家、桂冠谁属？结论是，诺奖得主绝大多数是小说家！诗人偶尔得手，不过是凤毛麟角而已，而散文家独自向隅，从未染指。由此可见，在各种文学类别中，小说堪称老大，独占鳌头。所以我奉劝有志于文学的朋友，最终应当钟情小说、拥抱小说。现在我们就来讲小说。刚才我们以诗歌、散文和小说作类比，这三者之间文学审美特征区别何在？著名作家冯骥才有一段论述，生动有趣，很短，抄录如下。

《趣说散文》

冯骥才

一位年轻朋友问我，何谓散文？怎样区分散文与小说和诗歌？我开玩笑，打比方说：

一个人平平常常走在路上就像散文。

一个人忽然被推到水里就成了小说。

一个人给大地弹射到月亮里那是诗歌。

散文，就是写平常生活中那些最值得写下来的东西。不使劲，不刻意，不矫情，不营造，更无须“绞尽脑汁”。散文最终只是写一点感觉、一点情境、一点滋味罢了。当然这“一点”往往令人深切难忘。

在艺术中，深刻的都不是制造出来的。

散文生发出来时，也挺特别的，也不像小说和诗歌。小说是想出来的，诗歌是蹦出来的；小说是大脑紧张劳作的结果，诗歌却好似根本没用大脑，那些千古绝句，都如天外来客，不期而至地撞上心头。

那么散文呢？它好像天上的云，不知由何而来，不知何时生成。你的生活，你的心，如同澄澈的蓝天。你一仰头，呵呵，一些散文片断仿佛片片白云，已然浮现出来了。

所以总结一下冯骥才的论说，得出的观点是：散文是浮出来的，自然而然生成；小说是想出来的，要下功夫构思，发挥想象力虚构；诗歌是蹦出来的，灵光一闪，即刻捕捉。这样写作的心态也就出来了，写散文时心态是松弛的，写小说时比较紧张，写诗歌则是随意的。

冯骥才说：“一个人忽然被推到水里就成了小说。”形象地说明了小说是怎么产生的，这句话的关键词是“忽然”、“推到”、“水里”，读者立即产生一连串疑问：谁推的？为什么推？是仇人吗？是谋财害命呢，还是情杀？推到水里的人死了呢，还是被救了？谁救他，他会复仇吗？怎样复仇？等等等等。因此，我们可以用这样一句话来概括小说的起因：一个突如其来的外力打破了原有的秩序，于是就产生了小说。显然构成小说的要素起码有两个：一是对立面；二是突发事件。正如风乍起，吹皱一江春水；就像一块石头，投入平静的湖面，激起层层涟漪，荡漾开去……

俗话说“文无定法”，既然如此，我们讨论小说技巧又有什么意义呢？金代文学家王若虚说：“或问文章有体乎？曰：无。又问无体乎？曰：有。然则果如何？曰：定体则无，大体则有。”今天我也只能说个“大体”。简而言之，小说与散文的根本区别就在于“人”。散文可以“无人”，而小说不可“无人”。散文重在叙事抒情，小说的任务则主要是写人，揭示人性。欲达此目的就要把人物放在矛盾冲突的漩涡中去摔打，在一波三折的情节中，人物个性、心理、心态才能充分展露张扬。这就是故事和场景。一些现代派小说家鼓吹“解构”，消解故事情节，甚至人物无名无姓，如只冠以“我爷爷”、“我奶奶”等，当然也是一种技法，但无故事的小说往往让人读得一头雾水，易生阅读疲劳。莫言坚持称自己是说故事的人。

作家对小说的看法不尽相同。俄国作家高尔基说：“文学就是人学，小说是时代的镜子”。沈从文说：“做人要老实，写小说要调皮。”陆文夫说：“小说小说，就是往小处说说。”王安忆说：“小说是心灵的世界。”高行健说：“小说是小说家的自言自语。”莫言说：“小说家的自信——我是唯一一个逃出来向你报信的人。”残雪对小说下的定义是：“让灵魂说话！”汪曾祺说：“小说是跟一个可以谈得来的朋友很亲切地谈一些你所知道的生活。”这些是作家对小说的审美观和经验谈，不是说说而已，而是融入了他们小说的血液之中，从而使他们的小说呈现出迥然不同的风格。

写小说第一步也是最重要的一步是选材，鲁迅说：选材要严，开掘要深！我认为，选材对了，成功大半！写小说，题材是灵魂！不是抓到什么都可以拿来写小说！其实写小说最最难就是选材！小说要绝对避免雷同，一雷同，这篇小说就死亡了。

我个人写小说的体会总结出三十六字诀：“人人心中所有，

个个笔下所无；人性情理之中，叙事意料之外；峰回还须路转，柳暗不必花明！”

纵观古今中外，众多的作家，写了多如牛毛的小说作品，我总结了一下，发觉写来写去都只不过写着八个字：生死名利，爱恨情仇！

文学有三大功能：一是教化功能，二是观赏功能，三是娱乐功能。以前片面强调教化功能，也就是教育感化的作用，突出文艺为政治服务。而武侠小说、言情小说、侦探小说之类，如金庸、琼瑶的作品，外国福尔摩斯侦探记都只强调娱乐。还有一种是纯观赏功能，如一些唐诗宋词，杜甫有一首诗云：“两只黄鹂鸣翠柳，一行白鹭上青天。窗含西岭千秋雪，门泊东吴万里船。”这首诗有什么政治？没有，而且也不娱乐，但它陶冶了人的性情，给人以美的感受。好的文学作品应当是这三大功能的有机结合，融合在一起。

当今文学受到影视文化的惨烈冲击，现今社会生活节奏紧张、压力沉重，越来越多人懒得读书。因为影视作品更能直接给视觉、听觉产生官能上的震撼和刺激，所以大行其道。特别是那种浩大的血腥战争场面，古典的消逝的建筑与风情，诡秘而惊怵的凶杀情景，以及人物的外貌、表情、举止，这类外在的场景和氛围，只要几个镜头扫过，就可以让作家搜尽枯肠、绞尽脑汁耗费九牛二虎之力去描摹，镜头光影构成的视像甚至轻易胜过作家写的千言万语。但是作家的笔也能让镜头甘拜下风、俯首称臣的，那就是作家的笔触能窥探和揭示人物的内心世界的奥秘，而镜头则不能，人心隔肚皮嘛，镜头伸不进人的内心世界里，也拍不到思维“粒子”运动的影子和轨迹，在心理与灵魂面前镜头只能徒唤奈何！过去我们读外国小说，一怕人名，又长又拗口，记不住；二怕心理描写，大段大段的心理描写一下子好几页，赶紧唰唰地翻过去。殊不知，心理描写却是文学作品唯一战胜影视文化的利器！可以预见，未来的小说将把笔尖更深、更细腻地探入人心的内核！这点是很重要的，否则小说将被影视彻底击垮，而失去存在的价值。

王蒙说：“80后的作家只有今天没有昨天，而老作家往往只有昨天没有今天。”这话说得十分精辟！因此，我觉得80后作家的作品缺少厚重；而老作家的作品太过沉重！

语言就是风格，语言就是思想，语言就是作家的身份证。如果盖住作者的名字，只读文章，便能认出这是谁写的，那么这位作者庶几可称为真正的作家了。只把文字进行排列组合者，是作文而不是作家。

在写小说时，最容易犯的错误是叙事方式。不少作者的叙事方式是故事叙事，而非文学叙事。所谓故事叙事，就是作为第三者的作者公开跳出来，赤膊上阵，絮絮叨叨，把自己当作说书人，将人物和事件从头到尾讲一遍。而文学叙事作者是隐形的，躲在小说背后，不抛头露面，不显山露水，小说中的人物完全通过自己的动作、对话、心理活动以及场景、情节的铺陈、渲染和描写来完成整个事件推进和人物命运的嬗变。

写小说另一个容易犯的错误叫“伪题材”（这个术语是我造的）。何谓伪题材？泛指那些据以构成小说的素材乖悖情理，于情于理不成立的作品。举例而言：有一篇发在《小小说选刊》作者女真写的《奶奶妈妈》。故事叙述一个孩子，因为妈妈疏于照顾而把奶奶叫成妈妈，妈愧疚下泪。孩子叫错了，不是因为谁爱他他就叫谁妈，孩子不可能根据情感判断来使用词语，该叫谁妈妈或奶奶，跟爱不爱无关，它只是两个名词，是一种符号而已。孩子混淆这两个名词，用错了对象，责任在大人没教好或误导。表面上这篇小说似乎很有创意，挺感人的，但其实这篇小说是“伪题材”！伪题材有时名家也难免。比如被誉为短篇名作的《苏七块》便是一例。那个苏七块开头硬要收足钱才看病，逼得人家借钱他才给看。后来又假惺惺地退钱，说是自己也有善心！这个苏七块说，收钱是“守规矩”，退钱是“有善心”，做人做鬼都是他，太过假！硬编，为写小说而乱说，尽管编得七曲八拐，但还是“伪题材”！虚构绝不是虚伪的遮羞布！故事可以荒诞，情理不可悖逆！

现当代小说发展的“五阶段说”：从小说美学的角度来说，西方近代和现代的小说发展大致上经历了五个阶段。

第一个阶段是 18 世纪的启蒙主义小说，这是以情节为中心的寓言故事，它的美学准则是直接临摹自然。第二个阶段是 19 世纪的批判现实主义小说，它的审美中心是典型环境中的典型人物。第三个阶段是20世纪的现代主义小说，它用多角度，多层次的叙述方法展现人物的内心世界。第四个阶段是后现代主义小说，这是一种以哲理为中心的抽象寓言。第五个阶段是新现实主义小说，这是现实与虚幻相结合，传统精神和现代手法相结合的作品。拉丁美洲的魔幻现实主义和结构现实主义等流派，可以作为新现实主义的代表。而我国现当代的小说家还只是把他的左脚踏在第二级台阶上而已，也就说还在践行着典型环境中塑造典型人物的套路。只有少数作家踏入第三阶段。而进入第五阶段的中国作家更是凤毛麟角，只有先锋派代表作家马原和残雪寥寥几人而已。

对我国现代小说影响最巨的外国作家，首推卡夫卡和博尔赫斯。

卡夫卡是20世纪最有影响力的作家，他是奥地利人，用德语写作。卡夫卡被认为是现代派文学的鼻祖，是表现主义文学的先驱，其作品主题曲折晦涩，情节支离破碎，思路不连贯，跳跃性很大，语言的象征意义很强，这给阅读和理解他的作品带来了一定的困难。

卡夫卡笔下描写的都是生活在下层的小人物，他们在这充满矛盾、扭曲变形的世界里惶恐，不安，孤独，迷惘，遭受压迫而不敢反抗，也无力反抗，向往明天又看不到出路。卡夫卡短篇代表作《变形记》，是卡氏艺术上的最高成就，被认为是20世纪最伟大的小说作品之一。在《变形记》中，由于沉重的肉体和精神上的压迫，使人失去了自己的本质，异化为非人。它描述了人与人之间的这种孤独感与陌生感，即人与人之间竞争激化、感情淡化、关系恶化，也就是说这种关系既荒谬又难以沟通。推销员一觉醒来发现自己变成甲虫，尽管他还有人的情感与心理，但虫的外形使他逐渐化为异类，变形后被世界遗弃使他的心境极度悲凉，三次努力试图与亲人以及外界交流失败后，等待他的只有死亡。由此看来他的变形折射了西方人当时真实的生存状态。受卡夫卡影响最大的亚洲作家有日本作家村上春树，中国作家有残雪、格非、余华等。

第二个最有影响力的作家是博尔赫斯。他是阿根廷人，生于布宜诺斯艾利斯，后来他的眼睛瞎了，成了盲人。博尔赫斯是20世纪现代主义文学与后现代文学的分水岭。从他开始，传统的文学观念发生了很大变化，如文学种类的界限被打破、客观时间被取消、幽默与荒谬结合、写真与魔幻统一等等。

他的作品反映了“世界的混沌性和文学的非现实感”。他最著名的短篇集为《虚构集》和《阿莱夫》。他的作品并不多，但每篇都被奉为现代小说的经典。

他在《环形废墟》里提供了一个简洁到极致又复杂得难以想象的宇宙模型。小说中的魔法师，在梦里创造了一个男孩，而在梦中被创造出的人（虚影）在踏进祭祀的火堆时是不会被灼伤的。荒谬的是旁观的作者在担心男孩踏进火堆会被灼伤时，却发现他自己踏入了火堆而且安然无恙。最终他发现自己也是一个被创造的影子。这多么令人惊异和恐惧！《环形废墟》震慑人心的力量在于，当你读它的时候你会一下陷入一种存在的荒谬中。现实中并没有无限，而宇宙却非要无限延伸不可。这是一对无解的矛盾，人却要生活其中，怎么办？如果用数学模式来分析，《环形废墟》里的宇宙模型就像数轴，向两端无限地延伸下去，而原点可以在任意一个位置上。《环行废墟》里的宇宙就是一个梦套一个梦，一个主体既是扮演创造者的上帝又是被另一个上帝所创造的人，就像两面互相照射的镜子，汇聚了无穷多个世界。

博尔赫斯在中国的登陆，是 20 世纪 80 年代的事情。到了 90 年代，博尔赫斯之名如狂澜席卷中华大地。博尔赫斯也由此完成了对中国作家的精神占有。他的晦涩、神秘连同其梦呓、圈套及至重复与矛盾，统统成了中国作家的写作罗盘。中国作家敬畏博尔赫斯。博尔赫斯对中国文学产生巨大影响，以至于谁不读博尔赫斯，就必定是文学之盲；谁不谈博尔赫斯，也仿佛等于无知浅薄。

但是真正懂得博尔赫斯的有几人呢？博尔赫斯各种版本梦幻、迷宫、镜子、玄想、时间、宇宙，这些无可捉摸的意象，风一般掠过你我身旁，只可感悟，不可触摸。多数人恐怕只是布宜诺斯艾利斯街道的匆匆过客。有的可能刚刚踏进了迷宫的门槛，但稍稍深入也就望而却步了。更多的人是站在门口瞭望、围观，以便从各色打道回府的探险者嘴里接过些感奋的呐喊或扫兴的叹息。而真正闯入迷宫并顺利找到出口者，却是寥若晨星。所以当你去“啃”博尔赫斯的时候，你就要事先准备好，让你的脑神经被他不可捉摸的怪诞无比的意象肆意蹂躏践踏，很多人受不了，因而浅尝辄止。

从上面我们发现两个有趣的现象：影响世界文学的作家大都出生在小国家，卡夫卡出生在奥地利，博尔赫斯出生在阿根廷。小国家的山村小镇纯朴、闭塞及相对愚昧，这里的居民，生活贫困，单调苦闷，因而他们好奇心特别重、富于幻想。山村小镇特别多民间的传说与故事，正所谓小城故事多，这成为小说家取之不尽用之不竭的矿藏和养分。即使出生大国如我们中国，但名作家又大都出生在乡下或小地方，如莫言家乡是山东高密，沈从文在湘西凤凰城，鲁迅是绍兴人，茅盾是乌镇人。莫言的小说得益于乡间的传说、奶奶的故事。第二，大作家都是苦难的人、命途多舛，卡夫卡父亲脾气极其暴躁，卡夫卡从小备受虐待，40 多岁死于肺病；博尔赫斯是盲人，受苦受难自不待言。我以为，苦难是作家的精神食粮，苦难孕育了作家的灵魂，只有经历了大苦大悲才能写出撼人心魄的作品。所以如果你有志于文学，那你就要准备好迎接苦难，甚至“享受”苦难，茹苦如饴，所以我说：作家你的名字是苦难。还有一个现象，是从中国作家身上观察到的，我发觉多数大作家都是不大会说话的，他们用笔代替了嘴巴，莫言的名字很有趣，它似乎在告诫作家少说话。比如巴金、沈从文，还有莫言、金庸、贾平凹、余华等，都是少言寡语，呆嘴笨舌。我在香港作家聚会上听金庸几次讲话，浓重的江浙口音，咿哦半天，不知所云。嘴头笨拙，笔底却生花。

下面谈谈中国现代派代表小说家。

从风格流派、文学美学观之，在小说领域可称为中国当代文坛“祭酒”的作家，我以为有三个：汪曾祺、马原和残雪是也。先谈汪曾祺。他是江苏高邮人，代表作有《大淖记事》《受戒》等，他被誉为“中国文化寻根小说的开山鼻祖”。汪氏给小说下的定义很独特，他认为小说是“跟一个可以谈得来的朋友很亲切地谈一些你所知道的生活”。他不喜欢布局严谨的小说“主张信马由缰，为文无法”，就好像苏东坡所谓的“大略如行云流水，初无定质”。并认为“短篇小说应该有点散文诗的味道”。他对人物塑形也有另一番见解：“气氛即人物，一篇小说要在字里行间都浸透人物作品的风格，就是人物性格。”他有意识地滤掉浓烈、激越、过于悲伤和丑恶的东西，在他的小说里主要呈现一种感觉和氛围，一种对生活的印象——通达的人情，诗化的氛围，散文化的叙述以及乡土风情韵味。这一派的代表作家有韩少功、阿成、李锐等。

接着谈马原。吉林通辽市人，1985 年发表震惊文坛之作《冈底斯的诱惑》，1986 年发表中篇小说《虚构》更上层楼。在中国当代文学史上，马原是第一个把叙事因素置于比情节因素更重要的地位的作家。他广泛采用“元小说”或“后设小说”的叙事技巧，在文本中有意暴露作者的叙事思考与行为，以及虚构性的小说策略，追求一种亦幻亦真的叙事效果，作者一直在提醒这是假的，你不要相信，连我自己都不相信，但又一步步诱惑你相信这故事是真的，这就形成著名的“马原圈套”，也成为以后作家叙事蓝本和先锋小说实验的起点。先锋小说家特喜欢“独白”式的叙述，几乎都以“我”展开故事，可是此“我”偏偏是一个摆明虚构的人物，没有血肉或情感起伏的“无我”，是一个纯粹的说故事者，以致极大部分先锋小说都比传统小说来得冷峻清冽。马原的“元小说”试验，启发了苏童、余华、格非、叶兆言等先锋小说家。故有评论家称马原是“先锋派中的先锋”。马原现在上海同济大学中文系任教，1997年戛然封笔，所为何故？至今成谜。

再谈残雪。湖南长沙人，原是个体女裁缝，其父曾任湖南报社总编辑。1985年发表处女作《污水上的肥皂泡》鹊起文坛。被美国和日本文学界认为是20世纪中叶以来中国文学最具创造性的作家。残雪的小说常用变异的感觉去展示一个荒诞、变形、梦魇般的世界，阴郁、晦涩、恐惧、焦虑、窥探和变态的人物心理，透过这些纠缠的事物，勾勒出人类生存的悲剧和人性的丑恶。这一点跟卡夫卡等西方现代主义荒诞小说有相似之处。残雪对小说下的定义是：让灵魂说话！

关于小说的未来趋向。我很赞赏英国女作家维吉尼亚·伍尔芙的观点。伍尔芙是 20 世纪“意识流小说”的代表人物，她于 1941 年自尽于苏塞克斯的罗德米尔河。她的死因据说是 1941 年她完成了长篇小说《幕间》的初稿，但她对自己这部探索实验的作品极不满意，加上德军炸毁了她在伦敦的住宅，精神大受刺激，以致投河自杀。如此说来伍尔芙可谓古往今来为小说而死的独一无二的作家了。她在《狭窄的艺术之桥》这篇论文中指出，由于时代的变迁，传统的小说形式已不适于表现现代人的心灵。未来的小说很可能是一种综合性的文学形式，它是一种诗化的、并带有戏剧性的小说。伍尔芙认为，“未来的小说将以散文写成”，但那是一种有许多诗歌特征的散文（这个观点与汪曾祺主张小说要有点散文诗的味道不谋而合），它将具有诗歌的某种凝练，但更多地接近散文的平凡。它将带有戏剧性，然而它又不是戏剧，它将被人阅读，而不是被人演出。

接下来我想简单地谈一谈小说创作的三个关键环节：一、构思；二、开头；三、结尾。中间主体部分太过庞杂，略过不谈。

先说如何构思。很多作家在动笔之前有打腹稿的习惯，亦即构思，最常见的构思切入的方法大致有这么几种：（一）是从一个事先拟定好的不能变更的主题出发，即“主题先行法”；（二）是根本不考虑主题，写到哪里算哪里；（三）是从自己的生活感受中提炼出一个主题，然后从塑造人物出发，透过人物的行动和遭遇去体现这个主题；（四）是把最先提炼的主题当作一个起点，但更尊重人物性格和生活本身的发展逻辑，在写作过程中不断调整、丰富、深化原来设想的主题，最后完成作品。

构思好了，怎么落笔开头呢？小说开头的方法很多，常见的有以下几种：（一）立即跳到动作上（简单交代后，很快进入场面，出现人物动作，也就是人物动起来）；（二）从对话开始；（三）从写景开始；（四）从人物肖像开始；（五）从哲理性的抒情议论开始；（六）从提出一个问题开始；（七）从心理刻画开始；（八）从历史、民俗、传说开始等等。但据文学研究者统计、分析的结果显示，前面三种开头的写法被采用得最多，也被认为最佳。对于短篇小说而言，开头立即跳到动作上，又似乎具有特殊的魅力，尤其受到作家的青睐！

说完开头再说说结尾。小说的结局不外有二：一是全结尾，或是大团圆、光明的结局，给人以满足，皆大欢喜；或是悲剧落幕，生离死别，悲惨凄凉。但无论是喜是悲，都有头有尾。二是没结尾，似乎莫名其妙地结束了，让人觉得一头雾水，给人遗憾，留下悬念。读者说，你这小说没有答案，写来干什么？作家说，如果有答案，我还写来干什么？你看看，读者与作家的观点背道而驰，差异巨大。

我认为，留下遗憾、留下悬念的结尾显然技高一筹，比较优胜。因为人生根本不完美，充满缺憾；人生也根本没有标准答案，小说家不是先知式的人生导师。实际上，小说家是铁拐李，自身有很多难题医不好。而在美学审美上，小说没有“结尾”，或充满悬念，反而可以让读者去发挥各种猜测和想象，这样可能演变出 N 个结尾，令人回味无穷，也使得小说的内涵和张力在人们思维的广袤空间悄悄地扩展和延伸。

好吧，时间有限，今天就讲到这里。意犹未尽，戛然而止，也像没有结尾的小说一样：留下遗憾。谢谢大家。

（2013 年 10 月 30 日福建省三明学院演讲）

漫谈高考作文

众所周知，作文在高考语文试卷中具有定夺“生死”的分量。我在硅谷戢影家园，闲来无事，替国内莘莘学子操起心来。于是潜心分析了近几年一些省市高考作文题，结合自己的一些写作实践，为高考学子怎样应试作文开了一些“土药方”，冀能对他们有所裨益。

一、高考作文考什么

我认为主要考核考生三个方面的能力：一是考认知和思辩能力，考人生观、价值观、是非观，检验考生对是非、真假、善恶的思辨能力；二是考阅读和理解能力；三是考语言逻辑和表达能力。

二、高考作文的出题方向

高考作文题基本上分两大类：一是材料作文；二是命题作文。还有就是话题作文和识图作文，我把这两种都归到材料作文中。材料作文就是提供一篇故事或一篇新闻报道，又或者是一个话题、一幅漫画，要求考生根据材料写一篇 800 字的文章，这里我要插一句话提醒大家，千万千万不要写成读后感。读后感顾名思义是写读后的感想，材料作文虽然也写的是感想，由材料引发的感想，但两者有很大的区别：读后感之感以文为主，材料作文之感以“我”为主，后者显然周延比较自由开阔，前者较受文本所限，还要略为涉笔作者及文章背景，也要谈及写作技巧特色等。而材料作文所提供的材料只不过是话题的由头，由此生发开去，要抓住和挖掘材料背后所蕴含和传递的信息和意义，引申出你对这件事的观点和看法，是赞成还是反对，为什么？用多个事例来说明，材料作文的题目一般由考生自己拟，题目从立意中提炼而来，一般二至八字为佳，不宜太长。而命题作文，就是给你一个题目，让你自由去发挥去写。

从近年高考作文题来看，材料作文比较受重视，占所有考题 80%～90%，命题作文大约占 10% 左右。为什么？因为材料作文比较更能全面地考核考生上面讲的三大能力。而且材料作文绝大多数是议论文，这对将来考生走向社会参加工作议论文写得好能大派用场，比如写工作总结、汇报材料等等，即使理工科生，将来当科学家、工程师也要经常写研究报告和论文。而命题作文字面意思经常模棱两可，容易使考生审错题，同时命题作文偏重抒情散文，那就只考了学生的文笔，而文笔在语文学习里只是其中一项，内容空洞，文笔再好，也不过金玉其外、败絮其中；外衣华丽，却不过是皇帝的新衣。而文章始终是内容第一。文笔好可以当作家的毕竟是少数，更何况作家当来做什么？苦死了，像我一样百无一用。但是学好语文、写好作文却是非常重要的，中学里流行一种说法：学好数理化，走遍天下都不怕。这话我不同意，我的口号是：学好语文，天下任纵横。语文的用途太广太大了，不论你是学文科还是工科，不论你是走向社会还是继续升学，都离不开语文，它是自然科学和社会科学的基础，是人类传播知识进行交流沟通的工具，几乎无处不在无远弗届。综上所述，我们在学校里要加强阅读理解的训练和议论文的写作练习，提高学生的思辩能力。我们国内的语文课本和语文教学比较不重视培养学生的思辩能力，这是非常严重的缺失。国外，比如美国就非常重视学生的思辩能力的训练，经常举办讨论会、辩论会，模拟竞选演讲等等，从小学就叫你站出来发表意见。所以他们比较会讲，讲起话来滔滔不绝。比较会思考，比较自信，也比较会表现自己、推销自己。

因此出题的方向也就围绕着上述三大能力。它不会是政治性太强的，而会注重社会人生。因为让中学生去谈论政治，如民主、自由、甚至反腐是不适当的，这不契合中学生的心智以及存在道听途说、胡扯乱谈的风险。所以作文的内容应是围绕道德批判与褒贬，关注社会人生。再则，我们课堂上学语文，读课本范文，目的是什么，是学会阅读理解的能力，以及提高语言表达能力，因此作文题要能检验学生这方面的学习成效。同时我认为题材方面会以议论文为主，抒情散文式的题目会较少，抒情散文除了能考一些语言修辞能力外，其他考不出什么，反而容易引导考生作无病呻吟，堆砌辞藻，矫情泛滥，而内容却空洞无物。

命题作文还有一个弊端，那就是题目太过偏向出题老师或者专家的主观意识，命题容易忽略学生的个性、误判考生的认知水平，缺少朴素、明确的意旨，给考生审题造成阻碍，需知考试不是故意刁难学生，出刁钻的题目把学生难倒考死，考试是为了检验学生的学习成果。有不少地方出现这样的现象，平时语文素质高的学生，考试时都“栽”在作文上了，为什么？关键在于审题出错。

这就说明了为什么近年高考作文题，不论全国卷、新课标卷还是各省市自主命题的试卷多为材料作文。材料作文最能考出学生上述提到的三方面能力。

从近年试卷提供的材料内容来看，材料源于生活，贴近生活实际，引导学生关注、思考社会现实。对此，考生可围绕义与利、真善美与假丑恶之间的关系来思考，具体来说包括勇气、善良、诚信、慈善、感恩这些普世价值的认知。所以你拿到考卷，面对考题，不要慌张、不要茫然，不要发呆，脑袋一片空白，应该立即静下心认真读两遍材料，挑出关键词，再弄懂材料说了一件什么事。接下来对这件事发三个问号：一什么事？二为什么？三怎么办？写文章万变不离其宗，其结构无非三段式，开头、主体、结尾，写出或回答了上述三个问题也就完成了三段。然后你就作出判断：是不是、对不对；进而提出你的观点，是赞成还是反对，是褒还是贬，这就是文章的立意、主题思想了。有了立意，你再解说为什么有这种观点和立意，这也就是正文。但这里也要千万千万提醒大家注意不要光发议论说空话，一定要用几个生动的事例来具体证实。其实作文是什么？说穿了就是提出问题和说明道理。所以写文章说简单也很简单，不必害怕，常言道“我手写我口，我口说我心”是也。

文章体裁可选用议论文、记叙文、小品、书信等各种样式。近几年作文考题一直是围绕“关注生活，感悟人生”的主题，体现了古人一贯提倡的“文章合为时而著，歌诗合为事而作”的行文准则。可以预见将来高考作文题仍会延续这个方向。

2013 年的高考作文，再一次体现了语文的外延即社会生活的大语文观念，阅历广、眼界宽、多积累、善思考、明是非、格局大的考生都会占据优势。作文低分其中一条重要原因是文章在思想认知上显得很肤浅幼稚，甚至通篇笑话、傻瓜话，而且这种现象颇为严重，颇为普遍，一定要加以重视。要克服肤浅病和幼稚病，最有效的方法是多背、多引用词诗格言，名言名句，增加文章的厚度和深度，增加历史感和思想深度。

未来的高考学子们，一定请记住大语文为何物，请明白自己的作文之路当向何处探索。考生不能只是沉湎于个人的小世界、小情感，而要有济世经国的眼光与抱负。高考语文备考不能只局限于书本，而应该在学会课本知识的同时，还要把眼光投向生活，留心关注思考社会现实，考场上善于回忆、联想和思辩，只有这样，才能写出好文章来。

低分作文有以下共同点：（一）审题不准或脱离题意。（二）思想缺乏深度或不积极向上。（三）语言不讲技巧，不会用修辞，平铺直叙，内容空洞乏味。（四）写作信马由缰，东拉西扯，没有条理层次。（五）字数不够或文体杂糅。（六）卷面乱七八糟，乱涂改，字迹潦草，鬼画符。

三、作文的审题与立意

审题的方法我想出一种模式，同学们不妨试试，这种审题模式步骤是：一、认真阅读材料，找出关键词。二、对材料的事例设问，如这样做好不好或者对不对？你赞成还是反对，为什么？根据这些设问，挖掘出材料背后蕴含的意义，确立你的观点。这便是文章的灵魂也就是立意。这一步很重要，立意的正确与否，关系到你有没有离题，决定文章的高低成败。三、你在草稿上列出至少三个方面的理由，这三方面理由不能重复，而且要准确精当，力求避免草率幼稚，这就要好好动一下脑筋了。四、除了阐述你的观点之外，一定要列举多项事例来证明你的观点，这样文章才会有血有肉、丰满充实。不能空发议论，废话连篇，空洞无物。什么叫空洞无物？就是没有实际例子，没有具体材料，从理论到理论，写了一堆标语口号而已。这样的文章就像毛主席批评的那样“嘴尖皮厚腹中空”，面目可憎。

文章中的实例一定要写出真情实感，这些实例来自社会生活、历史典故、名人轶事等，或是你的亲身经历，为此，我强烈提出三条建议：一、大家要多读中外历史名人传记，选多人合成一册的那种，记熟伟人名人的小故事，他们的品德、毅力、睿智的事迹，在高考作文时非常有用，而且能鞭策和激励自己，陶冶自己的性情。不要看武侠和言情小说，这类作品多属无聊瞎编，戏说篡改历史，穿越颠倒古今，偶尔解闷一下还可以，求学时最好不读。我是不爱看这类神马浮云的东西的，世上好书浩如烟海，哪有空把生命浪费在这上面？这里不多讲，以后有机会我们再来讨论一下。二、我还强烈建议去买《唐诗宋词一百首》，上海辞书出版社出的袖珍本，天天带在身上，平时见缝插针背一首小诗，日积月累，高考写作文时就可以随手拈来，引经据典，增添文章高雅丰采，传统文化还可以涵养你的气质，提高你的品位。第三、我强烈地建议你建立一些名言名句卡片，每日一句，抄了夹在诗词袖珍本里，这些富有哲理的警句，不但作文派上用场，而且让你一生受用无穷。

接下来简单谈谈命题作文。这类作文审题主要介绍三种方法：一是偏正法；二是错位法；三是虚实法。所谓偏正就是有偏有正，这就要留意题目中的限定词、修饰词和数量词，如“难忘的一天”，难忘不重要，只要是你觉得难忘就行了，所以难忘是偏，一天反而要留意，不能只写半天，也不能写几天。第二种错位法，就是反过来看，比如“静静的夜晚”，如果你拼命去写夜晚怎么静，恐怕写不了几行就没话说了，也说不出新意，但如果反过来思考，静静的背后有什么不平静——好雨知时节正润物细无声，村妇正哼着摇篮曲哄孩子入睡，守瓜田的老汉正叼着烟斗叭嗒吧嗒吸着憧憬着好收成，恋人在月下默默依偎，如果再引用一下辛弃疾的词句：“明月别枝惊鹊，清风半夜鸣蝉；稻花香里说丰年，听取蛙声一片。”蝉鸣、蛙声让夜更幽静，正所谓蝉鸣林愈幽，反向思维，写出静夜的“不静”，而且令人神往，浮想联翩。第三种是虚实法。如“我有一双隐形的翅膀，关键词是我、隐形、翅膀”。人是没有翅膀的，所以这里的翅膀是虚的象征理想和追求，而隐形，是看不见的，那就是存在心中，连起来就是存在我心中鼓励我追求理想的榜样是谁谁谁，这时候你脑海中就浮现古今中外、现实生活中一些榜样人物，比如谁的事迹给你勇气，谁让你谦虚谨慎，谁让你懂得助人为乐、珍惜生命等，多写几个实例就生动翔实了。又如“桥”，有现实中的桥，更有成长道路上的桥（虚的），你的老师父亲母亲他们都像默默无闻而又坚实的桥，让你踩着渡过急流险滩，但要具体写出事例，不能就这么笼统地说渡过急流险滩，这才是文章。再如“路”，有现实中的路，既写现实中的家乡羊肠小道，也写虚的人生道路上崎岖坎坷，等等。这样你的思路就开阔了，笔意汪洋。

我这里还有一个土方法，是我的独门秘籍，大家不妨试试。看到命题你先打个问号：“什么××?”比如“我有一双隐形的翅膀”，××是“翅膀”，加了问号，就是“什么翅膀”？先从“实”的方面想一想××是什么，实的你会想到比如鹰的翅膀，搏击长空的鹰。把想到的写下来就是正文的承。接着再从“虚”的方面想一想××是什么，虚的翅膀引伸到理想志向，写下来就是“转”，这虚的也就是转的部分，是联想、是感悟、是升华，使文章更丰满和更有深度。又比如题目“路”，什么路？实的写家乡小路，虚的是人生路等等。再比如台湾高考作文题“远方”，可以写实的在远方的故乡，再生发开去写虚的远方，男儿志在四方，甚至探索遥远的太空、深邃的海洋，讴歌神舟宇宙飞船深海潜艇，可上九天揽月，可下五洋捉鳖……你看思路多广阔？散文可以思接千载、视通万里。我们同学往往下笔时思路打不开，只会有碗说碗有碟说碟，写了几行就写不下去了，文章显得呆板单薄狭窄，原因就是没有往虚的方面想、往虚的方面展开。因此，虚实结合的写法，不失为提高写作水准的一种好方法。

还有一条我必须提醒大家的，考作文我不主张去写标新立异、创新的东西，用什么日记体呀、写寓言呀、用书信形式等等，那要冒很大风险，可能很高分，可能零分。俗话说，不求文章中天下，但愿文章中考官。我们中国的历史上，有许多才华横溢的著名诗人作家却是考了一辈子都考不上的落第生，比如“唐宋八大家”之一、苏东坡父亲苏洵，宋朝大诗人陆游，大词人柳永，还有《聊斋志异》的作者蒲松龄等等都屡试不第、名落孙山。是不是他们文章写得不好呢？当然不是，是他们的文章不合考官的胃口。阅卷老师水平参差，各有各的喜嫌好恶，你对上他的胃口自然高分，不对他的胃口当然低分倒霉。举个例子，好像有一年湖南一份满分作文，是写猪的寓言，用拟人法写一只猪，猪诉说了自己的遭遇，它是怎样勇敢、怎么想，怎么冲出来，表面上看很大胆很创新，但这篇文章碰到我就倒霉了，肯定不及格，因为我根本看不下去。我要告诫大家，大家必须明白，现在你不是作家在搞文艺创作，现在是高考，不要拿自己的前途来冒险、开玩笑。还是老老实实地写比较好。但一般来说条理清楚，用词比较华丽、比较有文采的文章，卷面干净整洁，字迹清秀端正，会让阅卷老师眼睛一亮，心头好像吹过一阵清风，这样的考卷自然比较容易得到老师的青睐。

以下我们试举一例说明。

2013年新课标全国，高考作文题目：经验与勇气

阅读下面的材料，根据要求写一篇不少于800字的文章。

一位商人发现并买下了一块晶莹剔透，大如蛋黄的钻石，他请专家检验，专家大加赞赏，但为钻石中有道裂纹表示惋惜，并说：“如果没有裂纹切割成两块，能使钻石增值，只是一旦失败，损失就大了。”怎样切割这块钻石呢？商人咨询了很多切割师，他们都不愿动手，说风险太大。

后来，一位技艺高超的老切割师答应试试，他设计了周密的切割方案，然后指导年轻的徒弟动手操作。当着商人的面，徒弟一下了就把钻石切成了两块，商人捧起两块钻石，十分感慨，老切割师说：“要有经验，技术，但更要有勇气，不去想价值的事，手就不会发抖。”

要求选择好角度，确定立意，明确文体，自拟标题，不要脱离材料内容及含意的范围作文，不要套作，不得抄袭。

拿到题目先做好阅读理解，认真读两遍后，提出三个问题：一、什么事？材料中说的得到了一块价值不菲的宝石吗？为什么许多老工匠不敢尝试？因为他们虽然拥有足够的经验但是因而也有更多的顾虑，反而是年轻工匠勇敢站出来，并完美切割出两块宝石。

二、为什么？为什么年轻工匠经验不足，却能做成大事，

因为和没有经验比起来，没有勇气、没有担当、没有实干更加可怕，经验是在勇于担当，勇于实干中产生和不断完善的。不敢负责、不愿担当、不去实干，就是有再丰富的经验都是纸上谈兵，空谈发展。

三、怎么办？因此，勇于担当，勇于实干，应该是这次作文的立意核心。联系到习总书记“空谈误国，实干兴邦”的教导，那么立意就更加宏大高远了。

以下是陕西一位考生的满分作文，我们来剖析一下：

钻石的价值确实不菲，切割时一旦失手再怎么晶莹也难免沦为废品，于是也就难倒了众多的切割师。老切割师固然有着超群卓越的技术，他能为，却少了小徒弟那份敢于操刀的勇气，不敢为；无技术，少经验，固然不能成事，但少了可嘉的勇气，就囿于平庸，难成大事。

开头：大约100字，用精练的语言复述一下材料，开门见山提出论点：成大事既要经验更要勇气。

接下来是承，简述中国近代史，以邓小平改革开放，敢为天下先为例，写伟人开创祖国新时代迈向未来的勇气与魄力。

敢为，为天下先，超脱平凡。

建国之初，我国刚经历了清廷腐朽，外国掠夺，日寇蹂蹦，蒋氏摧残，一穷二白，满目萧然；又加之十年动荡，法制、经济、人文各个领域都到了崩溃的边缘。政坛彷徨，此际，我们伟大的邓爷爷以敢为天下先的勇气大刀阔斧，拨乱反正，缔造了我国独特的社会主义市场经济的飞速发展。春意盎然，他正思想，开特区，收香港，春天的故事不可谓不雄壮。

此番事业，来源于邓小平爷爷独特的政治眼光和超强的预见力，他能为；但更重要的是他有敢为天下先的勇气。如果邓爷爷只是一味在乎中国国土的稳定，而不敢改革开放，大概今日上海滩的霓虹灯也不会灿烂夺目。敢为，敢做，超脱平凡。

再接下来，作者笔锋一转，把目光投向更广阔天地，举了一连串勇于探索创新的国际科学家、航海家如哥白尼、哥伦布、达尔文的事迹，印证论点。

敢为，为世界先，别样精彩。

在科学界，自古至今，天文、地理、物理、化学……无一领域不是充满着探索与发现，推陈与出新。他虽身材矮小，却是举起太阳的勇士，不畏宗教的迫害。不囿于固有的传统，哥白尼多年的观测使他能为，但真正促使他敢为世界先，提出“日心说”的却是他那份敢于刺破传统，忘怀得失，不计利害的勇气。

他其貌不扬，却绕海航行，不断探索，找出人类的祖先，与世界相悖，却成就别样精彩，面对世界的质疑与嘲笑，他不屑一顾；面对教士的鄙视与戏弄，他不留心间。多年证据的积累，生物科学的卓越成就，达尔文他能为，但真正使他不顾忌世人的眼光，将自我利益置之于度外的却是他敢为世界先的勇气。

敢为，为世界先，忘怀于手中的利益，抛却心里的负担，成就别样精彩！

结尾大约 120 多字，以抒情的笔调再一次扣题，前后呼应，把立意作进一步升华深化，干净利索地结束。

在人生中，面对许多事，我们都有足够的能力与经验，但却往往难以卸下心灵的负担，不敢冲破现有的条条框框，少了那份敢为天下先的勇气与决心，最终碌碌此生。漫漫长路，精彩就在于一次次敢于挑战的勇气，贵不在能而在敢。

能为？是质疑；敢为，是赞叹！

值得一提的是这篇文章有一个聪明的写法，值得大家学习，那就是每个大段落之前用一句精练的概括段落大意的词语放在前面，起到提纲挈领、眉清目秀的作用，让读者和阅卷老师获得畅快的阅读感受，很讨好。

写作时要想出类拔萃，需要注意以下几点：（一）把握住

“勇气”这一关键词，咬定青山不放松，要有材料意识、话题意识、主题意识；（二）选择最擅长的文体，例如议论文；（三）打造文章亮点，例如画龙点睛，闪亮开头，结构井然，前后呼应，卷面美观等。

题目要从立意中去提炼，一般字数掌握在二到八字为好：《实干兴邦》《勇者无敌》《狭路相逢勇者胜》《成功源自勇气》《一“勇”天下无难事》《成功的秘诀》等。

四、高考作文写作要诀

文章主要分三部分：一、开头；二、主体（或称正文）三、结尾。高考作文一般要求800字，写多写少都不好，那么怎么分配这800字呢？古代考状元作文有八股的作法，什么叫八股？每篇文章均按一定的格式、字数由破题、承题、起讲、入手、起股、中股、后股、束股八部分组成。一般我们把八股简化为：起承转合。我们不赞成八股文用形式束缚内容僵死的做法，但我们可以参考借鉴一下它的形式对文章的谋篇布局，结构上的运用。八股文在写作形式上最主要讲“起承转合”，“起”就是开头，“承”和“转”是主体部分，“合”就是结尾。古人说到文章结构时说“凤头猪肚豹尾”，就是开头要像凤凰的头一样漂亮醒目，中间要像猪的肚子一样浑圆饱满，结尾要像豹的尾巴一扫结束，干净利索，绝不拖泥带水。那么高考作文800字怎么分配呢？我认为，可分为六份：“起”一份，

"承"和"转"各两份共四份，"合"一份。也就是说开头一般掌握在100字左右，中间主体部分600多字，结尾100字左右。文章的结构其实是橄榄形的，两头尖中间大。当然1∶6∶1这种数字分配不是死的，是个大体，大家可以灵活掌握。

在写作方法上，开头我比较喜爱三种：一是设问式开头，开门见山，明快简洁；二是抒情式开头，富有文采，引人注目；三是引用式开头，从引用诗词名言入手，这样显得典雅，比较有高度有气势。当然还有叙述式、议论式等等。如果是材料作文最好是用精练的语言50～60字归纳复述一下材料的内容故事，再用设问式、抒情式或引用式，开门见山，推出论点。主体部分的"承"和"转"，也就是承接和扩展，它主要是罗列论据、铺陈事例。承接就是顺着开头往下讲，这个衔接要紧扣开头的话题才会显得自然顺畅，"承"大概写200多字，接下来是"转"也就是延伸扩展，将话题深化丰富。"转"的部分写300字左右。主体部分，很重要的是不要空发议论、滥发抒情，一定要写实例，这些事例可以是历史典故，或是中外名人轶事，或是新闻故事，又或者是亲身经历的事例，这才能使文章有血有肉、生动活泼。不会像毛主席批评的那样"壳里空"。主体部分写作还有一条很重要，那就是尽可能引用一些中国古典诗词，或外国哲理名言，这会使你的文章显得文采斐然，有深度。以上两点是写作要诀，要做到，就要肚子里有料，这就要求你多阅读，博闻强记。特别是一些诗词和名言，一定要背下来，靠平时多多积累。我自己还有一个嗜好就是背字典和成语辞典，我也常教人这样做，但多数人没兴趣。背字典确实对我帮助极大，甚至超过名著。背了新字新词还要大胆地用，用多了语言就会灵话生动，丰富多彩。学语文就是要背，俗话说，“熟读唐诗三百首，不会吟来也会偷”。甚至可以说要死记硬背，没有办法，学语言就是这样靠背靠记，偷懒不得，投机取巧不得，先死而后生。接下来还要多写多说，才能融会贯通。

结尾的方法很多种，但最基本的有三种，一种是总结式的，再回扣一下题目，画龙点睛，升华深化主题。一种是悬念式的，还有一种是抒情式的，就不多讲了，各有千秋。但要牢记结尾要再次扣题、点题，做到画龙点睛而不是画蛇添足，前后呼应而不是节外生枝，干净利索而不是拖泥带水。

五、高考作文的临场策略

以下是一位中学老教师总结的临场策略，他说高考作文时常发生意外的情况，对此要有一个心理准备，掌握一些应急措施很有现实意义。

问题一：看到作文题目心里就发慌。

措施：一、保持心理平衡；二、闭目养神做个深呼吸，让全身放松，冲淡紧张情绪；三、反复默念考试题目，及时记下头脑中迸发出的思维火花。

问题二：担心跑题，心里没底。

措施：一、将话题背景材料、内容要点一一进行分解；二、把题目中暗示的内容补充出来；三、确定哪些要点是主要的；四、将话题关键词语扩展成一个判断句，以此为作文中心；五、在作文中反复出现话题中心词。

问题三：一时不知如何拟题。

措施：一、从话题材料中找一个关键词或关键句作为标题，最好是能反映材料的主旨的；二、用文章的观点作标题，语言要简洁；三、暂定一个题目，等文章写好后再做修改；四、用切合文章主题的诗文名句做标题。

问题四：难以开头。

措施：一、记叙文从悬念起笔；二、议论文从观点起笔；三、从简明材料引述中起笔；四、用设问引出话题起笔。

问题五：找不到所需要的材料。

措施：一、从课本中找材料，特别是语文、历史、政治等人文学科；二、从最近看到的电视、听到的新闻中找材料；三、从家庭生活中找材料；四、从身边生活中找材料；五、从语文教材中找材料；六、从眼前的语文试卷中找材料。

问题六：不知语言如何出彩。

措施：一、采用短句子，因为短句显得精练，句子过长容易拖沓，并且容易产生语病；二、多用修辞句，比喻、拟人、排比、对偶、反问，综合使用最好；三、多用对称句，注意骈散结合，显示抑扬顿挫；四、多用流行语，流行语活在广大群众的口语中，有亲切感，新鲜活泼；五、多引格言警句都是名人名言、格言警句，经过反复锤炼，具有哲理性；六、多引古诗词；七、多用典故；八、多用描写，在记叙文中描写越多，语言就越富有形象感，就更生动，有文学味道；九、多用抒情句。

问题七：担心说理绝对、不深刻。

措施：一、用一分为二的观点看问题，既看到事物的这一面，又看到事物的那一面。在肯定某一观点时，兼及一下其他角度上的看法，附带一笔，注意不要自相矛盾。二、用联系的观点看世界上复杂的事物，用因果分析的方法来讲述道理。三、用发展的眼光去推测事物发展的未来。这件事发展下去会产生什么结果，以这种结果来显示看问题的预见性和深刻性。四、用哲理性语言揭示主旨，显示主题的深刻性。

问题八：害怕写到中途卡壳。

措施：一、在草稿纸上列一个简单的提纲；二、确定好几个领起全文的关键词语或关键句；三、对提纲和关键句进行修改。

问题九：文章要结束了，字数还不够。

措施：一、从另一个角度写一段，这一角度的内容不能画蛇添足，要围绕中心（主旨）进行。二、对前文内容再进行挖掘或归纳。挖掘和归纳具有揭示文章主旨和总结全文意义。三、适当引用名言、歌词、诗赋等，为文章添彩。

问题十：做完基础题，时间不多，作文想写快一点。

措施：一、审题时注意勾画命题要点，提示自己在作文时突出这些要点。二、迅速列一个简要的提纲保证文意畅达，避免在写作过程中思维中断，三、立即记下思维中迸现的火花，不怕不连贯。有了这些闪光点，再寻找它们之间的联系。四、选择好突破口，起承转合中各用一句话标出来。五、回忆以前读过的范文、写过的作文练习，想一想它们与高考试题在内容和形式上的相通之处。六、从最受感动、最有话说的那一点上开始动笔。七、提高思维和收发速度，但要最大限度地保持卷面整洁。

问题十一：写到中间，发现偏题。

措施：一、审视话题，审视自己已写出的内容，找出二者之间的联系；二、用概括句、转折句将所写部分与话题焊接在一起；三、在接下来的行文中强化话题意思，在文章开头、结尾等处用多种手段和方式适时点明主旨。

相信自己，自强不息

时常有人问我，你有什么人生经验可以跟大家分享？确实我这大半辈子经历了许多风风雨雨，走过崎岖坎坷的人生道路，酸甜苦辣的人生体验都有，如果要讲三天三夜也讲不完。但体会最深的做人道理，可以归纳成六个字，那就是：自信、自强、自尊。自信是一种精神，自强是一种力量，自尊是一种境界。

我今天到这里讲课，希望有些话有益于大家。有时一句话记住了，影响一辈子。我这里讲个例子，我移居香港十多年后，有一次到深圳，有人请我吃饭，到了酒楼一看，呆住了。一大班人早已在此等候，而且个个冲着我猛叫老师，又让座又斟茶，殷勤得让我手足无措。原来这是我曾经教过书的一所中学的学生，我曾代过他们的课，而且只代过一课。这一课给他们留下了深刻印象，以至今天他们“密谋”聚在一起补办了这场迟来的“谢师宴”。我记得，他们这个班是全校最劣等的班，集中了最调皮捣蛋、学习成绩最差的“害群之马”。学校拿他们没办法，基本上让他们放任自流，自生自灭。那天他们任课的语文老师病了，我去代课，十多年过去了，他们竟然连我讲课时的表情细节都记得清清楚楚，这令我很吃惊！我想到：为人师表者言行能不慎乎！他们说，记得那天我说，别人看不起你们，你们要看得起自己；别人不相信你们，我相信你们。我相信你们中间将来会有人当大师傅、当大老板，甚至当干部当领导，参军入伍当军官等等，每个人都会成熟成长起来，各有所长，各有各的出息。不信的话，十几二十年后我们有机会再见便可验证我今日之言。现在，果然他们都成长起来了，成家立业、事业有成，有的开公司、有的办工厂、有的在老家当了一官半职，有的发达了，乐善好施，捐资助学，修桥铺路，造福桑梓，回馈社会……我很欣慰也很感动，那天我频频举杯，喝得酩酊大醉。

我读到一则网络短文说，有一所学校新来一位年轻教师，校长语重心长地对他说：考 100 分的学生你要对他好，以后他会成为科学家；考 80 分的学生你要对他好，他可能和你做同事；考试不及格的学生你要对他好，以后他会捐钱给学校的；考试作弊的学生你也要对他好，他将来会从政的；中途退学的学生，你也要对他好，他会成为比尔·盖茨或乔布斯。这篇短文如果去掉“作弊学生会从政”这一句，其他几句都很有道理，因为考试作弊属于道德品质问题不可轻恕。短文告诉我们不要小看任何人，老师对学生要一视同仁。

人活在这世上最重要的是要相信自己。相信自己什么？相信自己能学好、能改变、能做到！美国心理学博士罗伯特·威廉说，即使是全世界都不相信你、看不起你，也要有最后一个人相信你，这个人就是你自己！如果我们连自己都不相信自己，那就无药可医了，可以说谁也帮不了你，谁也救不了你，因为你把自己给打倒了，躺在地上赖在地上不肯爬起来，别人没办法扶你起来拖你起来。遇到困难，学习上、工作上或者生活上的困难，一碰还没打就举手投降，软骨头毫无斗志，跪在地上站不起来，这样你的一生肯定过得不好，你只会去妒嫉别人，埋怨周围的一切，恨自己为什么不生在李嘉诚家里，恨自己为什么不是台湾首富郭台铭的儿子，但是如果人人都出生在李嘉诚、郭台铭家里这世界还成世界吗？人的出生是不可以选择的。李嘉诚、郭台铭的父母都很穷，要他们选择他们也不选择出生在这样的家庭。但他们没有埋怨，没有自暴自弃，没有看不起自己，而是通过奋发图强改变自己的家庭困境，为父母为社会为国家作出很大贡献。如果你让妒嫉怨恨在心里堆积，越积越多，结果就可能走上邪路。我们一定要相信自己，人家也是人，也是爹妈养的，人家为什么能做到而自己就不能呢？比如人家书读得好，画画得好歌唱得好，或者人家能当工程师、医生或者做生意当老板，那么我们也应要相信自己能做到，虽然没有人家那么聪明，家庭条件也比人家差，但是我们要有志气。记住笨鸟先飞，天道酬勤，只要我们肯比人家付出更多的汗水，更多的时间，更多的力气，加倍的努力，坚持不懈，锲而不舍，就能达到。有梦想就会有希望，相信自己就会有力量！

其实人生下来都是一样的，就像一张白纸，毛主席说，一张白纸好画画，好画最新最美的图画。但是你要小心，一张白纸也容易被糟蹋，被污染成龌龊肮脏的破纸头。我们中国传统文化的经典《三字经》说道："人之初，性本善，性相近，习相远，苟不教，性乃迁……"

人生而平等，这是一个普世的价值观念。不论你是出生在富贵家庭或者贫穷家庭，每个幼小的生命都是纯洁的平等的，长大后各奔前程，出现很大的变化和差异，为什么？原因很多，有主观的也有客观的，但有一条很重要，那就是教育！教育有好几方面的教育，一是学校的教育，二是家庭的教育，三是社会的教育，四是自我的教育。学校的教育固然重要，但我认为自我的教育才是最最重要的！唯物主义辩证法说，事物的变化是外因必须通过内因的作用才能发生变化。外因再好，内因很差，没有效果等于起不了作用。这好比石头有母鸡捂着、温度也非常适合，也就是外部条件都非常好都具备，但石头仍孵不出小鸡，为什么？因为石头不是鸡蛋，不具备孵出小鸡的内在条件。人也是这样，学好学坏、变好变坏或者将来变成怎样的人，怨不得天怨不得地也怨不得人，主要是看你自己，要怨就怨自己。

有的人自己不学好，调皮捣蛋，无心向学，书读得一塌糊涂，吸烟、泡吧、打架等等。他不怪自己，把所有责任推给学校、推给老师，责怪老师没管好没教好。这公平吗？合理吗？有的同学不但不服老师管教，而且采取抗拒甚至极端的报复行为，最近江西临川一所中学的高三学生，因为不服管教用刀子捅死了班主任。实在太残忍了，老师太无辜了，死得好冤枉。进了校门就是来接受管教，不服管教那还来学校干什么？你要知道，谁愿意管你呢？因为他是老师，没有办法，管教学生是他的职责所在。我们应当对老师抱持感恩之情，古人尊师重道，说一日为师终生为父。我们不要把老师视为父亲这么严重，但也不能把老师视为对头甚至当作仇人看待。当然对老师有意见是允许的，但应当通过适当的方式和渠道表达出来。

一个人的人生道路是自己选择的，人的命运掌握在自己手中。你看那些犯罪的人，被判刑，坐牢几年十几年甚至被枪毙，他们为什么成为罪犯？是天生的吗？是父母给的吗？不是。是别人强加的吗？或者是法官判的？不是！答案只有一个：那就是自己！只有自己才会使自己变成犯罪分子，自己把自己送进监狱，推下悬崖和深渊。一失足成千古恨，我们能不谨小慎微地严格要求自己吗？能不从小要求自己走正路、做好人吗？

教育会改变一个人，改变人生。中学时代是人生最最重要的年代，古人说“三岁定八十”，成功是小时打下的基础，人生短暂，不要浪费青春的宝贵时光。中学时代多快乐啊！如果让我生命可以重来，让我选择重来的人生阶段，我会毫不犹豫地选择做中学生。小学太小不懂事，好像还关在房间里，什么都不懂；大学太大太成熟，好像走进旷野，要面对风雨。中学时代好像世界为你打开一扇窗一道门，让你看到窗外新鲜美妙的天地，风雨有人替你遮挡，冷暖有人为你操心，中学春光无限、青春万岁、无忧无虑、生气勃勃。读书啊，求学啊，上进啊！多美好啊！你却把它浪费了，多可惜啊！你对得起自己吗？你对得起父母吗？哈佛大学图书馆门口有一块牌子，上面写了一句话：“此刻打盹，你将做梦；此刻学习，你将圆梦！”醒来吧！同学们，我们不要做梦我们要圆梦！

中学不但是知识的增长期，还是人格的形成期。中学时期可塑性高，因此在这个时期要特别注重个人品德气质和兴趣爱好的养成。学会尊重、友爱、勇敢、坚毅等等，特别是师生之情、同窗之谊，实在是人生一大宝贵的财富，要好好珍惜好好保护，否则你会后悔终生。“文革”已过去近四十年，许多当年红卫兵、造反派已垂垂老矣，但仍念念不忘当年被自己伤害过的老师和同学，不管今天地位多高、身家多富，越老越愧疚、越老越不安！以至登报登门道歉，陈毅之子陈小鲁更召开聚会，公开忏悔致歉以求被害人的宽恕。珍惜你身边的同学，不但不要欺侮他，还要感谢他，今生能做同学，是一种缘分啊！世界上人这么多，你能遇上他，多难得，缘分啊，未来的人生路上互相扶持的往往是同学、战友。因为他们是最接近你最了解你的人，团结友爱，真诚待人是做人的根本。

毛主席中学时的同学校友成为支持他革命的中坚力量，产生了不少著名的革命家，如蔡和森、萧三、李立三、罗章龙、向警予等。这些都是响当当的名字，这一班中学同学志同道合、满怀改造中国的抱负，追随毛主席干革命，为建立新中国立下了不朽的功勋。毛主席诗词中激情澎湃地回忆了中学时代的生活："恰同学少年，风华正茂，书生意气，挥斥方遒，指点江山，激扬文字，粪土当年万户侯。曾记否，到中流击水，浪遏飞舟。"你看看中学时代多重要。我还听到不少商界的朋友，说他们最困难时，正是中学的同学向他们伸出援手。所以说中学时代是我们为将来自己人生与事业打好知识基础、建立初始人脉关系的重要阶段！

只要你有心学好向善，很多东西可以引导你，影响你一生。也许是一个人，一件事，甚至是一句话，改变了你。也许你们会问我，有对你影响最大的一句话吗？我会毫不犹豫地回答："有！"这句话是前苏联作家奥斯特洛夫斯基在《钢铁是怎样炼成的》一书中，男主人公保尔·柯察金的一句话，他说："人最宝贵的是生命，生命属于一个人只有一次，人的一生应当这样度过：当你回首往事时不会因为虚度年华而悔恨，也不会因为碌碌无为而愧疚……”我青少年那个时代，人特别单纯，充满理想。我记得，我经常与三五同窗好友聚在一起，月夜，躺在草地，遥望星空，谈理想，谈志向，一起朗读保尔·柯察金的那句名言，每次都会热泪盈眶，热血沸腾。当年没有这么多诱惑，没有灯红酒绿，没有酒吧、网吧、卡拉 OK，只有大山、小溪、蓝天、白云、粗茶淡饭，只有高谈阔论和满腔的热血，那时我们山里的孩子总是幻想着翻过大山，看看山那边是什么、外面的世界究竟怎么样，谈论最多的是这辈子怎么度过。那时想啊，雁过留声，虎死留皮，我活了这辈子将给这世界留下什么？总不能生下来时赤身裸体来到这人世间，死的时候背着一条空米袋到阎罗王那里报到，说“我是饭桶，白活了”。正因为不想白活，所以我努力认真地做人做事，所以当我今天满头白发的时候，我真诚地说，感谢生命，感谢人生。回首往事，我虽然不能大声地说我有多少成就，有多少钱财，但我可以自豪地说，我没有虚度年华，一生真诚地活着，为人处世，对朋友对亲人对社会问心无愧。

有人说，我书读不好，我没出息，不能怪我，因为我家里穷、条件差，所以没办法，只有破罐子破摔。我现在问一下大家，读书的好坏与金钱的多少有没有关系？是不是钱多就必定书读得好，钱少了书就读得坏？钱可以买到好成绩吗？同学们，如果比穷，小时候李嘉诚的家庭经济恐怕在座的没有一个穷得过他。李嘉诚小时候因战乱跟随家人从老家潮州逃难到香港。他的父亲李云经原本是小学校长，逃到香港后就失业了，一家人寄人篱下，穷困潦倒，雪上加霜的是，父亲又在这时病倒了。1943 年冬天，李云经病重，他把李嘉诚叫到床前，轻声告诫道："求人不如求己。吃得苦中苦，方为人上人。失意时莫灰心，得意时莫忘形。"少年的李嘉诚坚定地点了点头，李云经才放心地闭上了眼睛。父亲病逝那年李嘉诚年方 15 岁，初中就辍学，出社会做工，挑起了供养母亲和三个弟妹的生活重担。他先是做钟表学徒后做推销员，挨家挨户上门卖塑料玩具花，晚上上夜校学英文。由于吃苦耐劳，勤奋好学，18 岁当上经理。22 岁创业，到现在成为世界华人首富，中华民族的骄傲。

还有人说我没办法，我天生比人家笨，不是读书的料子。没有人天生下来就会读书，虽然人的智商有所差别，除了生理上先天性缺陷弱智外，正常人的智商都差不多。读书好坏，科学研究的结果是跟记性有关，跟记忆力有关。而记忆力，不是天生的，它主要是表现在你思想集中不集中，也就是你读书用不用心，能不能聚精会神、全神贯注。如果你无心向学，整天贪玩，惹是生非，上课思想开小差，一心以为鸿鹄将至，发白日梦、春秋大梦，下了课不做作业，玩游戏机，泡网吧，拿起书本就打瞌睡，这样怎么能读好书？所以世上只有懒人没有笨人，只要你肯努力，没有什么可以难倒你的。

李嘉诚当年创建长江塑胶厂，把从意大利偷师学艺回来的塑料花生产技术应用上，一时间生意火爆。由于产品供不应求，出现了降低产品质量来应付订单的情况。结果许多客户对低质量的产品要求退货，银行追债，客户追款，塑胶厂顿时陷入困境，濒临破产。这天，母亲庄碧琴叫李嘉诚："儿啊，给妈妈泡一道工夫茶。"李嘉诚用地道的凤凰茶给妈妈泡上一道潮州工夫茶。庄碧琴吩咐李嘉诚坐下来，品了几口茶后，问："你认识老家开元寺法号叫元寂那个住持么?"未等李嘉诚回答，庄碧琴继续说道："元寂年事已高，希望找个合适的接班人。候选人是他的两个徒弟，一个法号一寂，另一个法号二寂。"李嘉诚静静地听着母亲说，并不插话，只是给母亲满上一杯工夫茶。庄碧琴呷了一口工夫茶，又接着说："元寂把这两个徒弟都叫到跟前，说：'我现在给你俩每人一袋稻谷，明年秋天以谷为答卷，谁收获的谷子多，谁就是我的接班人。'第二年秋天到了，一寂挑来满满的一担谷子，二寂则两手空空。元寂却当众宣布二寂担当接班人。"李嘉诚打断母亲的话："不是说好谁收获的谷子多，就选谁当接班人么?"庄碧琴笑了笑，说："是的。一寂听了，不服气地说：'分明我收获了一担谷子，二寂颗粒无收，怎么能够让他担任住持啊!'元寂微微一笑，高声地对众人说：'我给一寂和二寂的谷子，都是用滚水煮熟的。显然，二寂是诚实的，理应由他来当住持。'于是，众人悦服。"庄碧琴忽然话锋一转，"经商如同做人，诚信当头，则无危而不克了。"李嘉诚听罢母亲的话，深有感悟。

不久，李嘉诚的诚信打动了银行、供货商和员工，形势因之好转，危机成就了商机。李嘉诚从此在商界站稳了脚跟。

诚实可以说是做人最重要的一条，诚信为本也是事业成功的基石。近代红顶商人胡雪岩富可敌国，他是安徽绩溪人，绩溪出了不少大名人，有胡雪岩、胡适、还有党和国家领导人胡锦涛。胡雪岩身家高达 2000 万两银子，他集银行家、企业家、慈善家于一身，除了经营全国 20 ～ 30 家钱庄外，还搞贸易、纺织业以及药店，药店叫胡庆余堂，与同仁堂齐名，坊间流传“北有同仁堂南有胡庆余”。胡雪岩小的时候家境贫穷，8 岁时放牛，有一天，他在一座亭子旁边的草丛中无意发现一个大布包，打开一看是一堆珠宝金条，他不敢离开，守着那包金银财宝，等了 4 个多钟头，直等到天黑，才见一人匆匆赶来，经过核对他悉数归还失主。失主欲赠酬金，他分文不取。这位失主是城里的米店老板，他深被这山村穷孩子毫无贪念、诚实忠厚所感动，征得胡雪岩父母同意把胡雪岩带进城管账，并送胡雪岩入私塾读书。后来胡雪岩又被一位钱庄老板看中，钱庄老板央求米店老板让人，并说自己钱庄日入斗金比米铺更需要诚实的人，把胡雪岩要去管钱库，从此胡雪岩踏足金融业，走上成功之路。

我们从那些伟人和成功的人士身上看到一些共同点：一，他们都是充满自信、自强、自尊的人（李嘉诚父亲临终的遗嘱正是这三个“自”的具体化：求人不如求己就是自信；吃得苦中苦方为人上人是自强；失意时莫灰心得意时莫忘形是自尊）；二是诚实，说老实话，做老实事；三是坚持，面对困难百折不挠，勇往直前。

读书不是通往成功的唯一道路。书读得好未必一定成功，书读不好未必一定不成功。伟人未必个个书读得好，不少伟人、名人、成功的企业家未必上过大学、拥有高学历，但是他们善于从实践中学习，结果实践出真知，锻炼成才。这里讲个典故，有一副著名的对联叫做：“与肝胆人共事，从无字处读书。”“无字处”就是社会实践，撰联者认为社会是一部大书，读不完用不尽。那么这个撰联人是谁？背后有什么故事？话说辛亥革命时期，有个年轻人立志要为中华崛起而读书，他先去报考清华大学，落榜。于是他就去了日本，一所一所学校考过去，统统落榜。无奈返回国内，在刚刚成立的南开大学注册学籍，又因参加学运被南开除名处理，被迫远走法国，可法国的学校不认他的学历，不给他文凭，直到他成为一代伟人、新中国总理，学历却仍然只是高中生，这个落榜生，他的名字叫周恩来。周总理撰写的这幅对联，是凝聚着他人生体验的至理名言。

还有一位名相，书也读不好，他就是二战时英国首相丘吉尔，他是二战盟军三大巨头之一（其他二位是美国总统罗斯福和苏联统帅斯大林），他的头上戴着流光溢彩的桂冠。他是政治家、军事家、历史学家，也是杰出的画家、作家和演说家等。作为政治家他是英国最伟大的首相；作为作家他是诺贝尔文学奖得主；作为演说家他被列为近百年来世界最有说服力的八大演说家之一。可是谁会料到，这样一位杰出辉煌的人物，青少年时却是不会读书、顽劣不堪的孩子。丘吉尔是个早产儿，小时患有严重口吃，连说“爸爸妈妈”都很困难，靠保姆一字一句教他讲话，谁也料不到日后他竟成为口若悬河的演说家。从小学到中学，丘吉尔一直是被嘲笑捉弄的对象。他原本在贵族学校上学，混不下去转到哈罗中学，在哈罗中学他还是末等生，是学校中最顽皮、最贪吃、成绩最差的学生之一，因此经常遭到老师的体罚。他没上过大学，中学毕业后去考军校，两次落榜，第三次勉强考上，进不了陆军班，被编入最差的骑兵班，又是全班包尾。但他从来不自暴自弃，通过勤奋努力，毕业时在 168 名学员中，他以第六名的优异成绩成为年轻的军官。丘吉尔具有钢铁般的意志和信念，他处事坚定冷静，天跌下来当被盖。二战时，即使炸弹在指挥部旁炸响他也照睡不误；战打得最激烈时，他仍会抽空在指挥室画上几笔……

丘吉尔意志坚强、宽宏大度。他曾几次竞选首相失败，但毫不气馁，仍然像“一头雄狮”那样去战斗，最后终于取得了成功。他说：“我想干什么，就一定干成功。”他待人十分宽厚，能够谅解他人的过失，包括那些曾强烈反对过他的人。虚怀若谷，使他摆脱许多烦恼。而且他生性开朗乐观，诙谐幽默，甚至在生命垂危之时，他也没有忘记幽默，笑别尘寰。丘吉尔有许多振聋发聩的睿智名言，其中他对成功的定义值得我们牢牢记取，他说："成功就是不断失败不失信心。"

这里我想声明一下，我不是鼓吹不必读好书，我想强调的是，不能以读书成败论英雄。

最后我想抄录三段名言送给大家，也作为今天演讲的结束语。

一、《明日歌》（明朝钱鹤滩作）：明日复明日，明日何其多，我生待明日，万事成蹉跎。世人若被明日累，春去秋来老将至。朝看东水暮看日西坠，百年明日有几何，请君听我明日歌。

二、哈佛语录：你改变不了环境，但你可以改变自己；你改变不了事实，但你可以改变态度；你改变不了过去，但你可以改变现在；你不能控制他人，但你可以掌握自己；你不能预知明天，但你可以把握今天；你不可以样样顺利，但你可以事事尽心；你不能延伸生命的长度，但你可以决定生命的宽度。

三、台湾星云大法师偈语：有苦有乐人生才充实，有成有败人生才合理，有得有失人生才公平，有生有死人生才自然。

这三段名言各有用意，第一段《明日歌》，教我们珍惜光阴，一寸光阴一寸金，千金难买寸光阴。正如岳飞所言："莫等闲、白了少年头，空悲切。"第二段哈佛语录，教我们树立正确的处世哲学，改变自己，把握今天，活出精彩的生命。第三段星云偈语，教我们参透人生真谛，人的一生经历苦与乐、成与败、得与失、生与死，都是正常的，必然的，要舍得、放下，顺其自然，才能保有乐观豁达的心态。

（2012 年 11 月中旬惠阳沙田中学演讲稿）

再会巴桐（附）

杨庆桢

去年（原注：2012 年）端午，三明月亮湾里会巴桐，一场历史误会，一段恩怨情仇，一杯浊酒付东流，两双布满青筋的老手穿过 40 年风雨，越过 4 万里红尘，“第一次握手”。巴桐先生叹道：“一握解心结，华发舞春风。”两人相会恨晚，当场互赠新作，“无尘”换“雾桥”，演绎了一段三明文坛佳话。

风雨彩虹

一天有日夜，一球分东西。小小环球，万水千山，心相通情相连。巴桐回美国，把我《雾桥集》带到地球另一面，摆在硅谷家中红叶窗前，书香桌上，伴他乡思乡愁，解他客寓清寂。我则把《无尘》放在卧室床头，夜阑人静，风雨敲窗，午夜梦回，枕上辗转，燃灯翻读，如看巴桐编人间传奇，如听巴桐讲悲欢故事，以文会友，用心交流，看书如见面，读书胜谈天，气息相通，时空皆忘，“无尘”世界真清静，“雾桥”人间好温馨。

巴桐先生原名郑梓敬，祖籍福州，日寇侵华，闽都沦陷，父母避难沙县，1947年梓敬降生，1950年，他随父母迁居三明。少年的郑梓敬就酷爱文学，14岁就在《三明日报》上发表第一篇文章，署名“巴童”，意为“乡巴佬儿童”，年长后将“童”字改为谐音“桐”字，冀望自己有所长进，能像梧桐树一样长高长大而且长得正直。初中二年级时巴桐利用课余时间创作长篇小说，高二时写出洋洋洒洒18万字，取名《春阳秋草》，后来这部书稿被校方没收。少年的郑梓敬聪颖好学、博览群书。当年设在三元城关一座古庙里的三明文化馆有个“内库”，藏书甚丰。他从初中直到高中毕业，几乎所有寒暑假都在“内库”中度过，他如牛入园，饥不择食，乱啃乱嚼。内库门外挂着“内库重地，不准入内”的牌子，他因帮助登录书目，得以进入内库的特权。管理员把他放进去后就把门锁上。有一次，管理员下班忘了开锁。他关在内库，满地书籍，灯光昏暗，蚊声如雷，他一面不断拍打蚊子，一面枕籍高卧，把卷在手、照读不误。次日，管理员开门，见他满脸红疱、蚊血斑斑，形同野人，大吃一惊。他怕失去入库“特权”，连声说“没事，没事，洗洗就好”，一语带过，悄然离去……

临高中毕业时风云突变，社教运动风起萍末。天真浪漫、才华横溢的郑梓敬，被卷进一场莫须有、开玩笑似的反革命武装案件中，校党总支书记要他把“枪、子弹和人员名单交出来”，他顿时如坠五里雾中，五雷轰顶。一些搞政工的，其罗织构陷罪名的能力，即使最擅虚构的作家也甘拜下风！现实远比虚构残酷！一夜之间，他从天上跌到地下，惊恐莫名，为怕连累父母，曾两次自杀，一次是跳河自尽，趁沙溪河发大水，从浮桥一头栽入滚滚洪流，却因是游泳好手，呛了几口水，三扒两划游回岸边，死不了；另一次则是到实验室企图偷氰化钾服毒自杀，被老师察觉，自杀未果。一度被学校内定为“反动学生”，高考档案学校意见栏赫然填写“建议不予录取”。所有大学之门向他关闭，一切理想似乎已离他而去，唯独不醒的作家梦未曾泯灭。高中毕业后，他到皮鞋厂当了制鞋学徒。他决心学高尔基，投身社会大学。

不经风雨，哪见彩虹。1979 年改革开放大潮汹涌，郑梓敬随潮而动，扬帆出海，漂流香江。商海挣扎，文坛拼搏，风霜雨露，胜败沉浮，终凭天资聪颖少年努力，靠博览群书扎实功底，借丰富人生传奇经历，用真情实感写锦绣文章。阳光总在风雨后，苦难磨墨笔生花。巴桐的散文、诗歌、评论、小说、影视、书法等佳作迭出，在港澳、内地和华人世界频频获奖，好评如潮。著名作家古华称巴桐为“怪才”，称赞巴桐“文字古朴，情思老辣”。华东师范大学教授谢福铨撰写了

《巴桐短篇小说艺术初探》评论道，我读了巴桐的一些短篇小说，小说的艺术魅力使我惊叹不已。巴桐的短篇小说创造了各种各样的人物形象，这些人物大多表现出性格的丰富和复杂性。他们性格不是平面的，而是立体的。在完整统一的性格中。寓有多种不同层次的性格侧面，运用生动而典型的细节，显示人物的个性特征，是巴桐塑造人物形象的一个特点……巴桐小说中的细节描写，既生动典型，又富有生活气息，着墨不多，却极好地表现了人物的个性特征。著名评论家张炯称赞巴桐“注意文字功夫，注意文学性。笔笔写来，富于艺术张力”。诗人晓赖评论巴桐说：“他的诙谐就与轻佻绝了缘，就多了一重使命感和厚重感，就会让你在痛苦中微笑，在笑容后面辛酸，就有了不绝的回味。”潘亚暾、汪义生在他们编著的《香港文学史》中评论说，巴桐散文好在“感情真、题材好、内容丰、文字美、手法新，是以饮誉海内外”。最近，文学理论家刘再复教授更称赞巴桐：“把才华聚于笔端，挥洒自如，成一书法家。”

巴桐作品被选入海内外多种选本典籍，如全国报告文学选、全国短篇小说选、二十世纪华夏散文精编、香港散文名家精选、香港短篇小说精选等，散文《故乡的中秋夜》被选入香港和内地中学课外教材与语文试题。有的作品还被翻译成英、法、日、韩等国文字。报告文学《中国大团圆前奏曲》获“中国潮”报告文学征文二等奖，《故乡的中秋夜》获全国侨联《华声报》征文一等奖，两次获得福建文学佳作奖等，曾担任香港中华文化总会副理事长、香港文学促进会常务副会长、香港作家联会理事、香港《文学报》副总编辑，被厦门大学新闻传播学院聘为兼职教授。多次作为香港作家代表团成员出访美国、加拿大等国家和内陆福建、江西、河南、山西、云南等省市。北京筹建中国现代文学馆时，他曾应邀题字签名，他写道：写作的过程是灵魂净化的过程。与海内外几百名著名华文作家的题签被烧制在一对巨型瓷瓶上，矗立在中国现代文学馆大堂，成为永恒的纪念。

锦绣传奇

巴桐于1979年秋移居香港，之前他曾醉心于诗歌，曾被称为“诗人”。抵港后，很快投身于新闻界，业余坚持写作。到香港第三年，因《深圳特区报》发表了他《处在转变时期的香港文学》的评论文章，受到一些香港“本土作家”的围攻，掀起一场当年颇为轰动的文学论战，巴桐笑曰，此战因缘际会“遂使竖子成名”，因此“文艺评论家”是他最初摇曳于香江文坛的身姿。之后他勤于笔耕散文，被称为著名散文家，再后来则主要沉湎于长、短篇小说的创作，现多以小说家称之。至今他已出版长篇小说集、短篇小说集、散文集二十余种，电影剧本一部。

2006年巴桐携内子赴美探亲，因庶务羁绊，滞留硅谷湾区库柏蒂诺市，异国他乡，言语不通，凄清落寞，于是终日临窗而坐，或漫步书林，或遨游网海，忆人生往事，想风雨历程，搦管记事，书写抒怀，重操旧业，再探新路，新作旧文，精选编成《无尘》一书，献读者，送亲友，续旧谊，发感慨，寄幽情，度日月。

他赠送给我的《无尘》，是北京现代教育出版社最新出的短篇小说集。这部集子中的大部分作品是巴桐先生近年旅居美国加州硅谷时写的。巴桐旅居地库柏蒂诺市是硅谷高科技中心，但这里没有灯红酒绿、人声嘈杂的繁嚣，有的是一派恬适空旷的乡村风味，到处绿树成荫、草圃如织、鸟语花香。但巴桐却陷入孤独寂寥之中，在这喧嚣后的沉静，沉静后的沉思，沉思后的顿悟，顿悟后的升华，使巴桐文章更上一层楼，眼光更远大，胸怀更宽广，寓意更深刻。

因此，在《无尘》一书中，我们可看到巴桐先生身体力行，积极撰写反映香港社会现实生活和底层民众诉求与愿望的文章。《雾》《女人的一半》《疯子》《点菜》《大师》等都是贴近群众、贴近生活的好作品。而其中小说《雾》给我留下的印象最深刻。

《雾》写的是香港回归前，在九龙拥挤、肮脏、破旧棚户区里发生的故事。大学毕业生邝宏达要竞选区议员，毕业于黄埔军校的父亲坚决反对，竞选对手金行周老板的女儿丽莎加拿大留学回港，不支持当“走资派”（即把香港资本抽走到国外投资）的父亲参加竞选，却帮助邝宏达参选，并主动示爱。宏达同学、丽莎男友鲁明打伤邝宏达，丽莎坚持帮宏达竞选，结果邝宏达获大胜，父亲叫他回家吃饭。巴士里丽莎和宏达相依相偎，但到她家时丽莎却向宏达说“拜拜”。巴士冲破雾幕，向前急驰！故事情节起伏跌宕，生动深刻地反映了香港人面对九七的心理心态和社会现实。被人民文学出版社编入《1985短篇小说选》。《人民日报》还罕见地为这篇香港作家的小说发了一条消息。

以三明虎头山为背景的小说《无尘》被选为小说集的书名，我想这除了巴桐先生想以此寄寓乡思乡情外，肯定此文是他的得意之作，我翻看再三，果然精彩——“准提庵坐落在虎头山上，庵里住着一尼一狗。”简洁而充满诱惑力的开头，引人入胜。围绕年轻貌美尼姑和忠心耿耿的狗展开的故事扑朔迷离，奇峰突起，跌宕起伏，一波三折。最后，狗被毒死在尼姑房间门口，尼姑吊死在吞枪自尽的杂工身旁。无尘有爱，法网无情，凄美的故事，让读者想停不忍，欲罢不能，掩卷沉思，回味无穷。

《无尘》短篇小说集，内容丰富，题材多样，有亲情、有爱情、有友情，还有人生百态、官场潜规则等。小说的地域从香港延伸到内地，再扩大到美国及周边的墨西哥等。这是巴桐创作上的一个新突破。但在《无尘》中不论什么题材的小说，巴桐的文字都是一如既往的老辣考究，生动精彩。小说《山镇夕照》中，作者描写九龙半岛一小镇士多店老板，花名“士多西施”的郭桂香与曾官拜少将师长的董老爷干仗的场面，两个人物都写得栩栩如生，个性突出：“郭桂香站在院子里，指天戳地，大喊大叫。郭桂香的叫骂像在乱哄哄的蚊群喷了杀虫水，人声哑了，人们呆在原地，与其说惊愕，不如说脑神经转不过弯来。董老爷冷峻、威严的端坐在檐下的藤椅上，他像一截中世纪的断崖，板着铁青的脸孔，一言不发，沉默中透出迫人的威慑力。”“郭桂香毫不示弱，顶着毒辣辣的太阳，像一株沙枣柳伫立院中，头发被太阳晒蔫了，汗渍渍地贴在额头上，两眼却喷着不屈的火。”董老爷“已经衰老不堪，发颓齿摇，唯独那鹰隼般的目光，依旧犀利逼人。他知道面前这个女人是茅坑的石头又臭又硬。此仗许胜不许败，倘若他败退，整个世界仿佛将会从脚下崩塌下去”。真是生动精彩，读者如临其境，如见其人，如闻其声。

小说《狂野的青江》采用形象比喻的修辞手法来刻画青江：“青江像一条大蟒蛇，从山谷里蹿出来，到了半云崖下一扭腰向北奔去。至此河道突然收窄，河里的礁石也冒出了峥嵘的头角，水流变得湍急，荷荷地喧嚣着磕磕碰碰、跌跌撞撞地挣扎前行。大蟒蛇显然被激怒了，翻滚腾挪着身躯，一路撞击着岩石，把一江翡翠一次次举起来摔成一滩滩白沫。冲到黄牛矶的地方，蓦然发现前方地陷十余丈，一坎断崖挡住去路，大蟒蛇恕不可遏纵身一跃，跳下悬崖，发出雷鸣般的吼声，撼动山谷，声闻数里。跃入崖下深潭，大蟒蛇这才喘息着，摇头摇尾向前游去。”何等狂野，何等威风，何等惊心动魄！《无尘》真是一本传奇故事，一篇锦绣文章！

兄弟拥抱

东西南北日夜转，春风秋雨又一年。巴桐从美国飞回来了，新朋老友喜相聚。巴桐先生惊呼：“杨先生您身体好多了！”我说：“巴桐先生您更风采了！”巴桐问：“这是为什么？”我答道：“这就是好人有好报！”巴桐先生拍掌称道：“说得好！”

我的书法家朋友许祯祥先生听说巴桐回三明，抱病写一幅字送到巴桐先生下榻的梅园饭店，许先生展读：“想起巴桐聪慧过人，聊涂几字，以示崇佩之诚：人皆养子望聪明，我被聪明误一生。徜若生民如梓敬，何来坡老感叹声！”俩人互道相思，互通别情，共嘱珍重。

巴桐说在美国常翻阅我的《雾桥集》，我说在三明常读先生《无尘》集，两人惊叹，原来我俩身世经历如此相似：同是祖籍福州，同在沙县三明生活，同在三明成长，同在三明受难，同被冤为刀枪涉乱，同爱好文学，同做过鞋匠，同当过记者作家，同任过报社副总编辑，一样无怨无悔地爱着三明这片青山绿水，一样千山万水牵挂着这块心灵的故乡。

巴桐先生在美国常上网看三明资讯网的《三明侨报》电

子版，网上认识了王育忠、常章生等先生，这次一到三明就邀请他们见面，坐一坐，喝一杯。常章生先生也盛情邀请巴桐先生做客金丝湾森林公园。

金丝湾森林公园，群山环抱，绿接天涯，溪流潺潺，杂树生花。巴桐先生偕新知旧雨领略了森林氧吧，观赏了林荫道上新镌的摩崖石刻，回到森林之家时已是月上林梢，星斗满天，巴桐先生触景生情，诗兴勃发，吟道："水清鱼读月，山静鸟谈天。"大家交口称赞，著名书法家郭舒先生当即展纸挥毫把这佳联书下，赠给森林公园。

我知巴桐先生不但诗文曼妙而且精于书法，就说道："君子不能动口不动手。巴桐先生也应一展书艺，给金丝湾留下一些墨宝。"巴桐先生略一沉思，含笑挥毫，笔走龙蛇，一挥而就，众皆惊叹诗美书佳："山翠眉间落，溪声枕上流。"把金丝湾的美景神韵都留在了纸上，掌声鹊起。

森林人家，晚宴温馨，没有鲍鱼海参等海鲜，也没有山麂山甲等野味，一盘野菜翠绿，一碗红菰鲜艳，大快朵颐，众皆开怀。

聚散离合，人生如梦，临别依依，互道珍重。相见时难别亦难，巴桐先生突然冲过来和我紧紧拥抱，哽咽着说，让我们拥抱告别吧，相隔千山万水以后恐怕相见很难了……我说，欢迎您常回来，我们期待着……

热泪盈眶，夜色朦胧……我在中秋的月光下喃喃自语：不论是花开的日子，还是落花时节；不管是夜雨敲窗，还是寒梅落雪，我都会想念您，祝福您！

真诚的巴桐兄弟，后会有期！

（作者杨庆桢系原《三明日报》副总编辑、著名散文家）